KB075272

32년째
엄마 사랑해

~~~~ 딸이 쓰는 글 ~~~~

32년째 엄마 사랑해

초판 1쇄 인쇄 2020년 12월 2일
초판 1쇄 발행 2020년 12월 10일

지은이 손은경
펴낸이 이규만
디자인(일러스트) 김민주

펴낸곳 참글세상
출판등록 제300-2009-24호(2009년 3월 11일)
주소 서울시 종로구 인사동 7길 12 백상빌딩 1305호
전화 02-730-2500
팩스 02-723-5961
이메일 kyoon1003@hanmail.net

ⓒ 손은경, 2020
ISBN 978-89-94781-63-1   03810

32년째
엄마 사랑해

딸이 쓰는 글

손은경 지음

참글세상

1% 나눔의 기쁨

엄마, 나의 어머니.

천사 같은 소녀, 우리 네티 어머니.

"신이시여, 오늘도 정의로운 도둑이 될 수 있게 허락해 주십시오."

엄마가 우리 집 오실 때 마다 하나씩 없어지는 물건에, 오늘도 '엄마 짓이구나.' 생각합니다. 보통 시집간 딸년 친정엄마 집 가서 하는 행동이라던데, 뭐라도 더 가져갈 것 없나 하이에나 눈으로 온 집안 샅샅이 살핀다던데. 그 모습을, 저는 엄마에게서 보았습니다. 이번엔 아껴먹던 스팸이었군요.

이런 날도 있었습니다. 구매한지 몇 달 되지 않은 가방 본인 달라며 애원하던 엄마. "안 돼! 나 써야 돼." 몇 번을 외치다 마음 약해져서는 "그냥 엄마 써."하고 건넸지요. 미안했던지 쩐으로 보상하겠다며 15만 원짜리 가방 5만 원으로 퉁 치신 엄마, 어디 쓰려고 이리도 탐을 내시나 궁금했는데, 알고 보니 그 목적. 장바구니였군요. 엄마도 여자임에 틀림없구나, 생각했습니다. 과일이며 반찬, 이왕이면 예쁜 곳에 담아

다니고 싶으셨을 테니까요. 잊고 있었습니다. 엄마도 여자라는 것을...

엄마. 두 딸에 뒤처지지 않으려 늘 노력 중이신 우리 엄마.

"아 존나."
"헐? 엄마 그런 말 어디서 배웠어?ㅋㅋㅋㅋㅋㅋㅋ"
"뭘 어디서 배워. 니들 쓰는 거 따라 썼지. 근데 존나가 뭐니?"

이런 말도 배우셨지요.

"아빠 강원도 가서 회 떠 오셨는데 존맛탱."
"푸하하하. 엄마 그 말의 의미를 알아?"
"존나 맛있다, 그런 거 아니니? 탱은 몰라."

딸들과 대화 잊지 않고 캐치하셔 가지고는 바로 써먹는 엄마입니다. 배움에 게을리 하지 않는 엄마가, 자랑스러울 뿐입니다. 다음은 TMI(TOO MUCH INFORMATION) 가르쳐 드려야겠어요.

세상에나.

우리 엄마만큼 귀여운 이 땅의 엄마, 또 한 분 계셨습니다. 어느 모녀 이야기입니다.

너도 나도 하나쯤은 가지고 있다는 그거. 없는 용돈임에도 유행에 밀리고 싶지 않아 몇 달을 모아 장만한 선 빠진(wireless) 이어폰. 전에 쓰던 줄 달린 것보다 약 10배는 더 비싼 사과 브랜드 제품. 새하얀 이어폰, 때라도 탈세라 고이 모셔두고 있었던 어느 날. 사라졌습니다. 이럴 때면 찾게 되는 게 엄마지요.

"엄마, 내 책상위에 있던 이어폰 어디 있어?"

"이어폰? 이어폰 못 봤는데?"

"책상 위에 있던 거 있잖아. 분명 여기다 났는데."

"아. 그거! 줄이 빠져 있더라. 망가진 거 같아서 내다 버렸지. 줄 없이 노래를 어떻게 들어. 콩나물 대가리 같이 생겨 가지고는."

"엄마~아!!!!!"

줄이 없다는 이유로, 어디 써먹을 데도 없다는 취급으로 그렇게 엄마에 의해 버려졌습니다. 딸의 분노, 이해 못하는 건 아니지만 저 아주머니, 왜 이렇게 귀여우실까요.

엄마와 딸, 모녀지간. 이를 넘어 여자 대 여자이기도 한.

우리는 참 재미있는 관계입니다.

관계라는 게 무엇인지, 당신과 나를 규정지어둔 사이 우리 많은 일 있었군요. 아무 일도 아닌 것처럼, 그렇게 흘려보내기만 했던 우리 시간이었는데.

엄마랑 시간, 다시 새기고 싶어졌습니다. 그래서 쓰기로 했습니다. 결국 우리 모녀 이야기가 또 하나의 책이 되는 순간입니다.

32년 세월 우리 엄마, 나를 낳아주었기에
우리 이야기가 책이 될 수 있었습니다.
이 나라의 엄마와 딸에게
우리 이야기를 바칩니다.

지루하던 장마가 계속되는 여름♡

손은경

Part 1

엄마의 삶

엄마가 엄마가 되다

엄마 나이 스물다섯. 가진 것 하나 없어도 좋으니 자신에게 시집오라는 아빠 말 한 마디에 엄마는 혹했나 보다. 엄마는 그 말만 믿고 결혼을 했다. 누군가의 아내라는 타이틀 하나 짊어진 것만으론 모자랐나. 결혼과 임신이 하나의 단어처럼 여겨지던 그 시절. 혼인과 동시에 아이 갖는 일은 순차적으로 밟아야 할 절차 중 하나였고, 덕분에 신혼 재미를 느낄 사이도 없이 나를 임신했다.

최초의 나는 아빠에게 있었다. 그런 걸 보면 돌아가신 할머니가 왜 그리 "친손주, 친손주"거렸는지 알 것도 같다. 참참. 중요한 건 이게 아니고. 어쨌든 나는 아빠로부터 엄마에게 이동하게 되었다. 말이 이동이지 쉬운 일은 아니었다. 수많은 경쟁자들과 함께 했기 때문이다. 아니, 오직 수많다는 세 글자로는 오천 만에서 칠천 만의 경쟁자를 다 포용할 수 없을 거다. 그렇다. 나는 오천 만에서 칠천 만 대 일의 경쟁률을 뚫고 아기집을 차지한 승자다. 유독 생명력이 강했던 건지, 승부욕 넘쳤던 건지 모르겠지만 여하튼 운이 좋았다. 그리고 그때부터였다. 우리 엄마의 딸이 되었던 건.

엄마의 딸로 간택된 후부터 남부럽지 않은 사랑받으며 지냈을 거다. 아기집에 지냈던 때가 기억나는 건 아니지만, 주변 임산부들이 뱃속 아이를 대하는 태도를 보면 짐작 가능하다. 그녀들은 아직 형태도 갖추어지지 않은 아이에게 쉼 없이 말을 걸기도, 노래를 불러주기도, 책을 읽어 주기도 했다. 태아가 꿈틀대며 발길질이라도 하는 날에는 우리 아기 태어나 축구선수 되려 하나보다고 설레발까지 치었다. 아직 딸의 인생만 살아 본 나로서는 이해 못할 모습이긴 하지만, 맹목적이며 한없는 사랑임은 알 수 있었다. 무엇보다 그녀들의 사랑이 경이로워 보였던 건 임신과 동시에 맥주 한 잔을 안 마신다는 것이었다.

'가능한 일이야?'

혀끝을 타고 목젖으로 들어오는 시원하고도 짜릿한 그 맛. 치킨의 맛을 몇 배나 돋보이게 하기도 하며, 때로 무료함을 달래주기도 하는 그 놈과 어떻게 작별 할 수 있다는 말인가. 맥주 예찬만으로 A4용지 한 바닥을 채울 수 있는 나는, 수개월 동안 맥주를 금해야 한다는 상상만으로도 아찔하다. 이렇게나 멀리하기 어려운 일을 오직 아이를 위해 참고 견디다니! 이것이 엄마구나 라고 생각하니 존경스럽기 그지없다.

그럼에도 뱃속부터 시작된 엄마의 사랑을 증명할 길 없는 건 아니다.

어린 시절 찾을 물건이 있어 집안 이곳저곳을 뒤지던 중이었다. 목표물은 아니었지만 우연히 서랍 가득한 수첩 몇 권을 보게 되었고, 호기심 가득했던 나는 거리낌 없이 수첩을 펼쳐 보게 되었는데. 아뿔싸. 엄마의 일기였다. 일기였다는 걸 알았다면 처음부터 펼치지 않았을까. 몇 장 읽다 적잖이 놀란 나는 원래 모양 그대로 덮어 서랍에 넣어 버렸다.

"아가야. 얼른 만나고 싶구나. 건강하게만 태어나다오."

그것은 "아가"라고 불리던, 엄마 뱃속의 나에게 쓴 태아일기였다.

내용 전부 기억나지는 않지만, 어렴풋이 떠오르기로 엄마 하루에 대한 이야기였고, 그 일과 속에는 빈틈 하나 없이 내가 있었다.

나를 임신하고부터 엄마의 24시간은 철저히 뱃속 "아가"를 위한 시간이었다. 눈을 떠서도 내 생각, 밥을 먹으면서도 내 생각, 일기를 쓰면서도 내 생각, 온통 나로 가득 차 있었다. 수첩 한 페이지 가득 찬 글자만큼, 어서 뱃속 아가를 만나고 싶어 한다는 것도 느낄 수 있었다. 10개월이 그녀에겐 기다림의 시간이었던 모양이다. 매 페이지마다 공통된 바람이 있었는데, 오직 나의 건강이었다(물론 지금은 아니다.). 하긴. 어떻게 생겼을지도 모르는 아이에게 "눈망울은 사슴 같고, 코는 오뚝하며, 입술은 앵두같이 태어나주렴." 혹은 "더도 말고 덜도 말고 딱 아이큐

150! 가즈아!"라고 바랬겠냐만.

수첩을 덮고 한 동안 말을 잇지 못했다.

태아 시절의 나를 이렇게나 사랑했다는 사실을 그때 처음 알기도 했거니와, 잘못했다며 손발이 닳도록 싹싹 비는 나는 안중에 없이 파리채를 몽둥이 삼아 사랑의 매를 가하는 모습을 보면. 태아일기 쓴 사람이 우리 엄마라고는 상상하기 어려웠기 때문이다. 그렇게 나를 보고 싶어 했으면서. 말 안 듣는 나를 앉혀 두고 본인 배에 참기름 발라둘 테니 다시 뱃속으로 들어가라는 엄마를 보고, 어떻게 서랍 속 일기 주인공이 나라고 상상할 수 있겠냐고!

내 이야기를 쓴 것이니 당사자인 내가 본들 문제 될 건 없을 거 같았지만, 왠지 일기를 훔쳐봤다는 생각을 지울 수 없어 엄마에겐 아무 말도 하지 못했다. 남의 것 훔쳐보는 건 나쁜 거라고 했으니까.

엄마의 일기가 나를 그 시절로 소환시킨다.
스물여섯의 엄마.

한참 어울리고, 마시고, 즐기던 나의 스물여섯과 달리, 엄마는 엄마가 되었다. 태어나자마자 우리 엄마는 엄마였고, 그런 이유로 처음부터 엄마의 모습을 하고 있을 줄 알았는데, 그도 아닌가 보다. 옛 앨범에 보이는 엄마의 모습. 30년은 된 과거에 촌스러움은 어쩔 수 없지만, 얼굴만큼은 여느 이십대와 같다. 불그스름하면서도 윤기 있는 양 볼에,

한 손은 나를 안은 채 카메라를 보며 싱긋 웃는 이십대의 그녀. 그 모습이 그립기만 하다.

나를 안고서

그렇게 내가 태어났다.

좀 유별난 탄생이었다.

아기 태어나면 간호사 한 손에 두 발 붙들려 머리를 바닥에 향하게 한 후 엉덩이 찰싹찰싹 맞고 울기 시작한다고 하는데, 나는 달랐던 모양이다. 세상 빛을 보자마자 온 힘을 다해 울었단다. 어찌나 우렁차던지 보호자 대기실에서 나를 기다리던 할머니는 장군감 태어난 줄 알고 한달음에 달려왔었다고.

"산모님. 따님 출산 축하드립니다. 손가락 10개, 발가락 10개, 3.4kg, 심장박동 정상, 호흡 고름."

10개월, 하루도 빠짐없이 빌었던 소원이 통했다는 사실이 기뻐 뜨거운 눈물 흘렸던 엄마와 달리, 할머니는 아쉬움 가득했나보다. "좋긴 좋은데." 더는 말이 없었다고. 태어난 직후부터 성별로 차별하는 할머니를 생각하니, 역시 내 편은 엄마뿐이다.

자신의 분신, 어쩌면 본인 보다 더 본인 같은 존재, 줄 수 있다면 눈이라도, 간이라도, 심장이라도 떼어 주고 싶은 소중한 딸.

새 생명이 주는 신비로움에 눈멀어, 목마른 기다림 해소되었다는 기쁨에 가려 엄마는 한 가지 중요한 사실을 놓치고 있었다. 본격적으로 엄마 라이프가 이제부터 시작이라는 것을.

날 때부터 엄마는 엄마였던지라, 엄마에게 시작은 없을 거라 생각했다. 처음부터 엄마인줄 알았다. "타고난 엄마"랄까? 물론 착각이었지만. 나를 낳았던 그때, 엄마도 엄마는 처음이었다. 생전 해보지 못한 일에 누구라도 조언해주거나 도와주면 좋았으련만, 엄마의 엄마, 그러니까 나에겐 외할머니가 안 계셨던 터에 모든 것은 초보 엄마 본인 몫이었다.

과자 쿠크다스 같이 한 번의 손길로도 부서져 버릴 것 같은, 팔 한 마디에 들어오는 작은 딸을 두고 초보 엄마는 안절부절이었다.

"안아도 될까? 씻겨도 될까? 물이 너무 뜨겁나? 차갑나?"

배테랑 엄마였다면 강형욱이 개 마음 알아보듯 아이 마음 알아채 착착착착 일사천리였겠지만. 스물여섯에 맞이한 첫 엄마라는 역할은 그녀를 유치원생으로 만들어 버렸다. 그런걸 보니 초보 손에 키워진 것치곤 제법 잘 컸다는 생각마저 드는 건 뭘까.

왜인지는 모르겠지만, 갓난아기일 때 기억은 하나도 없다. 마치 1살, 2살 없이 4살, 5살로 껑충 자라버린 것 같다고나 할까. 남아있는 기억이 4살 정도부터이니. "널 어떻게 키웠는데."하며 원망한들, 하소연에 불과할 뿐이다. 기억에 없는 일을 소환해 낼 수 없기에 마음이 동하지 않는 걸 어떡하라고. 만약 어떻게 키웠는지 생생히 남아 있다면, 아마 이 세상 못된 딸은 없을 거다. 엄마가 선방 날리기 전 부터 이런 생각이 스쳤을 테니까.

"맞다. 우리 엄마가 날 어떻게 키워냈는데."
아이를 낳아 육아 중인 친구가 한말이 아직도 머리를 맴돈다.

"아이 낳으면 하루 온종일 애 신경 써야 하거든. 밥 먹다가도 울면 숟가락 놓고 달려가야 하고, 자다가도 우는 소리 들리면 바로 깨서 무슨 일 있나 확인해야 하고, 볼일 볼 때도 애 눈앞에 두고 싸야하고. 내 삶은 하나 없고 진이 다 빠지는 데, 애가 한 번 웃어주면 그게 그렇게 행복해. 세상 다 가진 기분이야. 누워있는 애를 보면서 이런 생각이 들더라. '우리 딸도 지금을 기억 못하겠지. 내가 그랬던 것처럼.' 그런 거 생각하면 슬퍼지더라. 엄마한테도 미안하고."

누군가를 이해하는 방법으로 같은 입장이 되어보는 것 이외에는 묘수가 없다.

당신이 내가 되어보지도 않았는데 어떻게 나를 이해한다는 건지. 어설프게 이해한다는 말, 빈 수레와도 같은 말에 거북하기까지 한건 나뿐일까 싶다.

나는 아직 엄마를 다 이해하지 못한다. 엄마가 되어본 적이 없으니까. 내 이해 범위의 엄마는 여자로서, 사람으로서, 초보 경험을 해본 자로서만 한정된다. 이해의 폭을 넓히고 싶지만 엄마가 된다는 것, 아이 낳은 사람이 되어 엄마를 엄마로 이해하게 되는 일이 때론 무섭기도 하다. "인간의 그 무엇이 거룩하리오. 어머님의 사랑은 그지없어라." 라는 어버이날 노래 가사처럼, 거룩하고 그지없는 사랑을 내 아이 보며 비로소 깨닫게 된다면, 나, 얼마나 깊은 미안함과 감사함을 느끼게 될까.

잠시 자신을 놓아두고 오직 엄마로서 먹이고, 씻기고, 입히고, 재우던 사람. 우리 딸 보름달 같이 둥그스름한 예쁜 뒤통수 가지라며 뉘어두기 보다 품에 안고 키워준 사람. 모유수유가 좋다는 말에 본인 가슴 아픈 줄 모르고 젖 물고 있는 나를 한없는 사랑으로 바라봐준 당신.

엄마 뱃속에서 나지 않은 사람 없을 테고, 어느 어미의 사랑이 다른 어미에 비해 덜하고 더하겠냐만, 그 진한 사랑의 뜨거움만큼은 여느 사랑과 비교 불가다.

참 귀하게 자랐구나.
남의 집 귀한 자식이라는 말이 괜히 나온 게 아닌가봐.

잔인한 봄

초등학교 고학년이 되고 어느 날이었다. 엄마는 나와 동생을 불러 놓고 이야기했다.

"아빠랑 따로 살 거야. 그렇게 알고 있어."

짐작은 하고 있었다. 엄마와 아빠는 하루가 멀다 하고 다투었으니까. 다툼이라고 하기엔 아빠의 일방적 시비였지만. 그즈음으로 아빠는 알코올 중독까지 있었던 것 같다. 병원에 가 정확한 진단을 받은 게 아닌 어린 나의 추측에 불과하지만, 아빠 몸에 피었던 붉은 반점에서 알 수 있었다.

"아이가 생긴다면, 내 아이에게 절대 부모의 다툼을 보여주지 않겠어."

당신네에게 부부싸움은 칼로 물 베기에 불과하지만, 허구한 날 보고 있는 딸의 입장은 고아가 되느냐 마느냐와 같은 절체절명의 순간과도 같았다. 아슬아슬했다. 그리고 지긋지긋했다. 자식인 나를 봐서라도 멈추어 주었으면, 어른답게 사이좋게 지냈으면 하고 바랐지만, 아빠는 나와 동생을 배려하지 않았다. 그런 아빠가 미워지기 시작했다. 딸은 무조건 엄마 편이라고, 나도 그랬다. 그래서였을까. 큰 반항 없이 엄마의 결정을 따르기로 했다.

그 길로 엄마, 나, 동생, 우리 셋은 집을 나왔고, 아빠는 혼자 남았다. 잠시 조정기간을 갖고자 한 게 엄마의 의도였을지 모르겠다. 그래서였을까. 두 집으로 나누어 살아도 엄마는 아빠를 챙겼고, 우리도 이따금 아빠 집에 놀러 가기도 했던 걸로 기억한다.

"이 인간 잘 지내나." 미운 정도 정이라고, 안부가 궁금했던 엄마는 아빠에게 전화를 걸었단다.

"따르르르릉. 따르르르릉."

몇 번의 신호음에 상대방이 대답 없으면 끊어 버릴 만도 하지만, 굴하지 않고 전화 받을 때까지 기다렸단다. 수십 번의 전화, 몇 날에 걸친 시도에도 대답 없는 전화에 엄마는 이상기운을 감지했나보다. 경찰을 대동해 잠겨있는 아빠 집 문을 열었다.

봄이었다.

3월 입학과 동시에 갓 중학생이 된 나는, 2개월의 적응 끝에 어엿한 중딩이 되어가고 있었다. 봄이 왔다며, 날이 따사롭다는 이유만으로 꺄르르 거리던 어느 하루였다. 담임은 대뜸 나를 불러 집에 가보라고 했다. 아빠 돌아가셨다고. 믿기지 않아 눈물도 나오지 않았다. 집으로 가는 길은 또 어찌나 따뜻하던지. 포근한 봄 날씨에 아빠의 죽음은 더욱 꿈같았다. 그날로 나는 오직 엄마 손에 자라게 됐다.

사인은 심장마비였다. "은경아빠, 애들 잘 키울게." 한 줌의 재가 되기 전 화장터에서 아빠를 보내며 엄마가 했던 말이 잊히지 않는다.

엄마는 아빠와의 약속을 지키기 위해서라면 할 수 있는 건 다 했다. 엄마인 것도 모자라 어린 두 딸 잘 키우기 위해 아빠 역할까지 맡았다.

가정주부였던 엄마는 우리 둘과 남편 뒷바라지만 해온 사람이었다. 사회생활이라곤 결혼 전 경험이 다였고, 결혼 후 집안일에 온 집중을 해왔으니, 요즘 말로 경력단절녀였다. 경력단절이라고 거저먹고 살 수 있는 건 아니었다. 살아야 했기에 벌어야 했다. 잠시 외출했던 엄마는 동네 한 바퀴 돌며 전봇대에 붙어 있던 구인구직 신문을 모조리 들고 왔다. 그리곤 이내 바닥에 신문을 펼치고 구인란을 찾아보기 시작했다. 바닥에 바짝 수구린 채 신문을 정독하던 엄마 모습이 아직도 눈에 선하다. 엄마는 허리 아픈 것도 잊고 할 수 있어 보이는 일에 빨간색

펜으로 동그라미를 쳐 나갔다. 몇 군데 전화를 걸어보기도 했다. "구인 광고 보고 전화했는데요." 성에 차는 조건의 직장은 엄마를 받아주려 하지 않았고, 눈앞에 닥친 생계불안에 남편 잃은 슬픔은 사치였다. 엄마는 강해져야 했다.

당시 친하게 지내던 아줌마가 엄마에게 요양보호사라는 직업을 권해왔다. 봉사도 할 수 있으니 의미 있는 직업이라며. 사랑 많은 엄마에게 요양보호사라는 직업은 제격이었지만, 쉬운 일은 아니었다. 지금부터 15년은 더 된 시간. 요양시설이 지금과 같이 많지 않기에 엄마는 시외버스를 타고 출퇴근해야만 했다. 덕분에 우리가 눈도 뜨기 전 새벽같이 출근해 밤늦게나 되어야 집에 돌아왔다. 하루 몇 시간 엄마 보기가 힘들어졌다. 한 시간에 몇 대 없는 출퇴근 버스 기다리느라 한 겨울이면 엄마는 동상에 걸리곤 했다. 볼과 손과 발, 모두가 벌개져 있었다. 그때는 엄마의 그런 모습을 당연하게 생각했다. 엄마니까, 아빠를 대신해야 하니까. 뭐라도 벌어먹고 살아야 하니까. 오늘 하루도 수고했다는 말 해본 기억이 나질 않는다. 이 세상 어느 것도 당연한 건 없는데 왜 나는 엄마의 희생을 당연하게만 여겼던 건지. 텅 비어버린 아빠의 사랑을 채우기 위해, 아빠 몫까지 우리에게 보여준 엄마의 사랑을 나는 왜 몰라줬던 건지.

남편의 부재. 남겨진 두 딸.

나에게는 아빠였지만 엄마에겐 남편이었고, 의지하던 사람이었으며, 미우나 고우나 사랑했던 사람이었다. 추스를 겨를 없이 40대 초반의 여자 혼자 어린 두 딸 키우려 얼마나 힘들었을까.

잔인한 봄이었다.

엄마의 양육방식

동생과 싸운 날이면 엄마는 어김없이 파리채를 꺼내 들었다.

"누가 싸우랬어? 어? 엄마아빠 없으면 세상에 너희 둘 뿐인데 잘 지내지 못하고 왜 또 싸워. 어?"

단골 레파토리였다.

이 험한 세상 믿고 의지할 사람은 한 핏줄인 너희 두 자매뿐인데 사이좋게 지내긴 커녕 다투냐는 말이었다. 그 중 제일 듣기 싫었던 말은 "언니가 돼서"라는 말이었는데, "나는 왜 꼭 양보만 해야 하냐"며 대들고 싶었지만 '엄마가 화가 많이 났구나.'하는 눈치는 있어 애써 삼켰다. 속이 얼마나 상했던 건지 높아지는 언성과 함께 엄마의 손은 파리채 휘두르느라 정신없었다. 한 발 들어가며 등 뒤로 팔 숨겨가며 피한들, 맞을 곳은 존재했다. 단 한 번도 맞아본 일 없는 얼굴 빼고 다 맞았으니까. 파리 잡으라고 만들어진 파리채가 회초리가 되는 순간, 그 아픔은 상상에 맡긴다. 우리는 통곡하며 울었다.

"엉엉. 잘못했어요."

평소 존댓말 한 번 하지 않는 내가 그때만큼은 엄마를 존대하기 시작했고, 막내고집 황소고집이라며 똥고집 피우는 동생이 미워 죽겠지만 단숨에 용서하게 만들었다. 그제야 엄마의 화도 누그러졌는지, 집어 들었던 파리채를 내려놓고 둘이 화해라고 지시했다. 엄마 마음의 화만 가셨지 동생에게 남아 있는 내 감정은 여전했지만, 파리채 무서워 동생을 부둥켜안고 울었다.

"미안해. 언니가 잘못했어."
"아니야 언니. 내가 미안해."

잘못했다는 생각은 단 1도 없었는데, 동생 껴안고 같이 눈물 흘리다 보니(어쩌면 엄마로부터 맞지 않기 위한 동맹의 느낌이었을지도) 실제 미안한 감정이 생겨나기도 했다. 엄마의 빅픽쳐였나.

요즘 파리채 보기 참 힘들다. 그때는 집에 두어 개씩은 있었는데. 파리 잡기 위해 하나, 딸년들 훈육시키다가 부러질지 몰라 대비용으로 가지고 있던 하나. 파리채의 소멸과 함께 사랑의 매로 다스리던 훈육

방식도 사라졌나보다. 잘 되라며, 잘 크라며 했던 회초리질에 이건 엄연한 아동학대라며 자녀가 부모를 신고하기까지 하는 세상이란다. 매의 본질이 올바른 가정교육이라면 충분히 정당하다고 보는 나와 달리, 21세기 아이들은 생각이 좀 다른가 봐. 그렇다고 이해 못하는 건 아니다. 나도 어릴 때는 엄마의 파리채가 그렇게 무서웠다. 누구네 집은 야구배트, 당구 큣대로 훈육한다는 걸 보니, 파리채는 상대할 만한 물건이었는지도 모르겠다. 어쨌든 맞기 싫은 건 매한가지였다. 위험한 물건, 숨기려고 별의 별 짓을 다 해봤다. 냉장고 위에도, 베란다 귀퉁이에도, 침대 밑 은밀한 공간에도 숨겨봤다. 애 쓴들 엄마 손바닥 안이었고, 어떻게 알았는지 엄마는 귀신같이 찾아냈다.

그랬던 내가 엄마의 손바닥을 벗어나기 시작했다. 머리 좀 컸다고, 하늘땅과 같던 엄마의 말이 허공에 맴돌기만 했다.

"나도 할 줄 알아."

나의 의견이라는 게 생기고부터 말대꾸하기 시작했다. 엄마 말이 다 옳지 않다고, 나도 내 생각이라는 게 있다고, 나를 존중해 달라고 했던 대꾸였을 거다. 엄마 말 한 마디면 미워 죽겠던 동생도 용서해 버리던 착한 딸이었는데, 좀 컸다고 덤벼드는 딸을 두고 웬걸. 엄마는 단 한 번도 화내거나 무시한일 없었다.

"내 딸인데 어련히 알아서 잘 할까."

딸에 대한 절대적 믿음이라는 게 존재했을까, 엄마는 나를 조건 없이 믿어줬다. 어린 내가 내린 선택 모두를 존중해 주었고, 심지어 그 선택을 지지해 주었다. 몇 마디 조언은 있었을지언정, "어린 네가 뭘 알아"라며 단 한 번도 무시한 일이 없다. 믿음에 지지가 더해지니, 천군만마를 얻은 냥 결정에는 힘이 실리게 되었다. 아무래도 우리 엄마, 좀 대단한 것 같다. 의심 없이 오직 믿기만 한다는 일이 쉽지 않았을 텐데 엄마는 해냈고, 보여준 믿음만큼 나를 책임감 강한 아이로 성장시켰으니까.

우리 엄마 양육방식에 의하면 선택은 내 몫이었다. 내 판단이었고, 결정이었다. 그랬기에 모든 책임은 나에게 있었다. 책임 회피하느라 도망치기에 바쁜 사람도 부지기수로 봤다. 책임 소재 만들지 않으려 타인이 자기 삶에 대한 결정권을 행사하도록, 오히려 행사해 줬으면 하는 사람도 왕왕 있었다. 마치 후에 탓하기 위해 후회와 원망의 길을 미리 터놓은 느낌이랄까. 그들을 보고 깨달았다. 헛 성인이 된 사람도 있구나. 내면을 성숙시켜 준 엄마에게 감사해야겠구나.

엄마의 신뢰, 지지, 존중이라는 울타리 속, 내가 자랐다. 나를 나로서 존재하게 만들어 준 울타리. 그 밖을 나가고 싶지 않았다. 아늑했으니까, 그 안의 나는 즐거웠고 뭐든 다 해낼 수 있다는 자신감을 느끼게 해주었으니까.

엄마는 내게 고맙단다. 아빠 없이 자랐어도 한 번 엇나가지 않아줘
서. 착한 딸로 잘 자라줘서.

본인이 만들어 놓은 울타리가 나를 이렇게 성장하도록 만들어 준
일은 잊었나보다. 다 네가 잘해서 그런 거라는 걸 보니.

행복한 희생

엄마란, 모순 덩어리다.

희생과 행복이 하나의 문장에 존재할 수 있는 사람은, 오직 엄마들
뿐일 거다.

"희생이 어떻게 행복해?"

"행복해서 희생해?"

다른 사람을 위해 자신의 목숨, 재산, 명예, 이익 따위를 바치거나
버린다는 말이 희생의 정의라는데, 도대체 어떻게 하면 남을 위해 나
를 버리는 일이 행복하다는 건지. 이해가 어려운 딸의 관점에 바라본
엄마 삶은 희생 자체였다.

초등학교 2학년 과학시간이었다.

선생님은 볼록렌즈에 햇빛 모아 검정 종이 태우는 실습을 할 거라며, 운동화 갈아 신고 운동장에 모이라고 했다. 조금 서둘렀던 걸까. 수업 시작까지 몇 분 남았음을 확인한 친구와 나는 학교 정문에 있던 문방구에 가 군것질을 하기로 했다. 배고플 때 뭐라도 사먹으라며 엄마가 쥐어준 오백 원이 떠올랐던 거다. 별다른 고민 없이 평소 좋아하던 과자 하나 집어든 때 마침 수업시작 종이 울렸고, 급한 마음에 뒷걸음질 치던 순간이었다. 지나가던 승용차가 나를 치었다. 교통사고였다.

"으아아악!"

실습은 고사하고 나는 병원 응급실로 실려 가게 되었다.

응급실이라는 낯선 공간에 풍기는 소독약 냄새, 흰 가운을 입고 분주해 보이는 의사들, 나 못지않게 놀라 보이던 승용차주 아저씨. 누워 있던 병원 침대와 침대 위 나를 지켜보던 사람들이 두려웠다. 두 발로 서려 했으나 땅을 딛고 있다는 느낌 없는 발목에 놀랐고, 또 아팠다. 목청 하나는 끝내줬나 보다. 놀라고 아픈 만큼 악을 쓰며 울었고, 기를 쓰고 소리쳤다. 그때 공포에 질린 나를 해방시켜 줄 유일한 사람은 엄마 뿐이었다. 엄마만 기다렸다. 엄마 오면 다 이를 거라고. 너희 다 죽었다고.

하필 그 날은 엄마 생일이었다.

가까이 지내던 은주이모가 생일 축하 겸 점심 맛있게 해줄 테니 놀러 오라고 해서 외출을 했던 모양이었다. 자리에 앉아 김밥 몇 개 주워 먹다 내 소식을 듣고 깜짝 놀라 단숨에 달려왔단다.

굳이 부연설명 없었어도 얼마나 급히 온 건지 알 수 있었다. 저 멀리 정신없어 보이는 낮익은 여자 하나가 내 시야에 들어왔다. 엄마였다. 우는 나를 보고 엄마도 울었다. 머리를 다친 것도 아니었고, 오른쪽 발목에 약간의 금이 간 정도였지만, 엄마도 어지간히 놀랐나보다. 침대에 누워 금이 간 뼈를 맞추는 작업을 기다리고 있던 나를 보고 연신 눈물을 훔쳐댔다. 조금 유난스럽던 모녀였다.

한 달 정도 병원에 입원하게 되었다. 아무 죄 없는 엄마도 함께.

한 쪽 다리의 발부터 사타구니까지 전부를 깁스하고 있던 나는 움직임이 불편했기에 엄마의 손을 빌릴 수밖에 없었다. 엄마가 내 한쪽 다리가 되어준 거다. 초등학생 되었다고, 이제 정말 다 컸다며 한시름 놓던 엄마였는데. 다시 한 번 진자리 마른자리 갈아 뉘시는 신세가 되었다. 아침이 되면 병실에 제공되는 밥을 먹이고, 우리 딸 꾀죄죄하게 보일 수 없다며 깨끗이 씻겨주고, 병동 생활에 답답해하는 나를 휠체어에 앉혀두고 바람도 쐬어주고, 밤사이 무슨 일이라도 생길까 한 달여를 간이침대에 누워 쪽잠 자던 우리 엄마. 그 와중에 사골국물 끓여 먹이던 정성이란.

걸음마 떼기 시작하면서, 젓가락질 하게 되면서, 덧셈뺄셈 할 줄 알게 되면서, 초등학교에 입학하면서, 혼자 라면 끓여 먹기 시작하면서

늘 들었던 말이 있다.

"이제 정말 다 컸네!"

하루 빨리 자라 알아서 헤쳐 나가기를 바랐던 엄마 마음에, 나의 업
그레이드 된 행동은 "다 컸음"의 상징이었나 보다. 누가 봐도 다 커서
이제 징그러운 나이가 되었는데. 여전히 엄마는 한 달에 한 번에서 두
번 우리 집을 방문한다. 반찬 가져다주러, 청소해 주러, 먹을 것 해주
러. 올 때 마다 엄마 양 손 가득하지 않은 날이 없다. 고기며, 김치며, 나

물이며, 심지어 여기서도 충분히 사먹을 수 있는 과일이며, 휴지며. 슬쩍 엄마 가방을 들어 보니 운동 깨나 하는 나의 짐작에 의하면 양손 각각 5kg 이상의 짐이다.

"집안 꼴이 이게 뭐야!"

짐 무거운 줄 모르고 기쁜 마음으로 달려온 엄마를 반기는 건, 개판 일분 직전의 집안 꼴이지만. 몇 번의 경험 끝에 나는 알고 있다. 이 몇 마디 잔소리를 마치면, '너희 엄마로 태어난 내 잘못이지'라는 자포자기의 마음으로 샅샅이 집을 치우기 시작할 거라는 걸. "엄마 우리가 할게. 내비 둬."말에 영혼이 없음을 아는 건지, 깡그리 무시해 버리고 자기 할 일만 계속이다. 문제는 거두는 시늉 하나 없는 두 딸이다. 이래서 시집간 친구들이 친정엄마, 친정엄마 하는 건가. 어쨌든 글을 쓸수록 죄송해지는 마음은 어쩔 수 없나보다.

엄마 한 번 왔다 가면 집에 번쩍번쩍 광채가 난다. 우리 집 맞나 싶을 정도로!

"이래서 엄마가 필요한 건가. 역시 엄마는 엄마야."

확실히 다른 엄마 손길에 철없는 딸은 엄마 손맛 피할 길이 없다. 이래서 평생 엄마가 필요한가 봐.

한참 치우고 맞이하는 저녁식사 자리. 아침에 들었던 잔소리와 달리 그래도 엄마는 행복하단다. 치워줄 딸집이 있어서. 엄마 관점에서 느낀 엄마의 삶은 행복이었다. 희생이라는 마음의 거리낌이 없이 딸들에게 줄 수 있다는 기꺼움만 가득 찼기에 행복 한가보다. "엄마가 언제까지 네 뒷바라지를 해줘야 하는 거니?" 자문한들 그것이 엄마의 행복이라는 데. 엄마의 길을 가보지 못한 나는, 엄마의 한없는 마음에 갸우뚱 할 뿐이다.

여자의 행복

"자고로 여자란 집에서 자기 아이 볼 때가 가장 행복한 거야."

엄마가 주장하는 여자의 행복론이다. 아이 커가는 과정 온전히 지
켜낼 수 있을 때가 여자가 누릴 수 있는 진정한 행복이라고. 젖 먹던 아
이가 이유식을 먹기 시작하고, 얼마 지나지 않아 아장 아장 두 발로 집
안을 누비더니, 마침내 똥 기저귀 걷어차고 스스로 대소변 가릴 줄 아
는 모습까지! 사소하지만 유의미한 성장을 거듭하는 자식의 모습을 보
며, 그 순간 하나하나 포착했을 때가 그렇게 행복했단다.

나와 동생의 모든 순간이 엄마에겐 찬란했나보다. 낡은 앨범 속 남
아있는 내 어린 모습을 보며 알 수 있었다. "이걸 왜 찍은 걸까?"하는
의문이 들기도 하는 장면마저 촬영해 놓았으니까. 3살쯤 된 내가 엄지
손가락 빨며 곤히 자고 있는 모습, 언니 역할 좀 해보겠다며 걷지도 못

하는 동생에게 딸기를 먹여주다 동생 입이 딸기로 범벅 되어버린 사진, 잔뜩 짜증이 났었던지 울고불고 떼쓰는 나를 찍어준 사진, 그냥 집에서 찍은 사진. 특별히 어디에 놀러가거나, 평소와 다른 무언가를 할 때 추억으로 남기기 위해 찍은 사진이 아닌, 그저 그런 하루의 나였다. 잘 때, 밥 먹을 때, 화장실에서 똥 눌 때, 씻을 때, 웃을 때, 심지어 울 때. 배경 대부분은 집 거실이었고, 다만 해를 거듭하며 달라지는 것은 내 키, 그리고 얼굴뿐. 이 모든 것은 찰나를 기억하고 싶어 엄마가 남겨준 어린 시절 모습이었다.

아직도 기억나는 건 우리 집 거실 촬영 현장이다. 그날도 어제와 같은 오늘에 불과했다. 다만 엄마의 눈에 뭔가 포착되었는지, 우리 두 딸에게 새로 산 머리띠 씌워놓고는 거실에 있던 꽃이며 난을 배경삼아 사진 찍자고 했다.

"둘이 꺼 안아봐."
"이번엔 둘이 뽀뽀하는 모습!"

다양한 포즈를 요구하던 엄마는 사진 감독이었고, 감독님 말에 응하던 우리는 모델이었다. 왜 찍히는지 몰랐으나 촬영하는 시간이 즐거웠다. 모델이 된 거 같았으니까. 우리를 보는 엄마의 입가에 미소가 가시지 않았으니까. 그런 엄마를 보니 나도 행복해졌으니까. 우리를 보며 마냥 행복해 하던 엄마의 모습을, 이십년도 더 지난 지금의 나는 기억 저 먼 곳에 묻어두고 살고 있다.

"그게 뭐가 행복해? 집에서 애랑 하루 종일 치다꺼리해야 하지, 남편이 주는 월급 쓰느라 눈치 봐야 하지, 눈 떠 보니 거울 속엔 쭈글쭈글한 내가 있지. 난 별로."

누가 나에게 묻는다면, "살림 잘하는 여자 말고, 돈 잘 벌어 오는 여자가 될 겁니다!"라고 대답하는 나에게 엄마의 행복론은 도무지 받아들이기 힘든 이야기였다. 무엇보다 "나 같은"딸을, "내가 낳아 기른다."고 생각하니, 상상만으로 소름이 돋았다. "꼭 너 닮은 딸 낳아라."라는 말이, 나에게는 "너도 한 번 당해봐."와 같은 말이나 다름없기 때문이다.

제 잘난 줄 알고, 제 혼자 큰 줄 아는 나이지만, 완전한 밉상이 아닐 수 있는 건 내가 얼마나 형편없는 딸인지 스스로 알고 있다는 것이다. 그렇다. 나는 내 분수를 안다. 나 같은 딸 낳아 32년 길러준 우리 엄마는 나와 모녀 사이로 지냈다는 이유만으로 장한 어머니 상 받아야 한다. '우리 엄마, 은경이 엄마 한다고 고생이 많지.' 생각은 했으나 아무래도 동의할 수 없던 행복론에 또박또박 맞받아치던 그때였다. 내 말을 다 듣고 나서 엄마는 한 마디 덧붙였다.

"이 지지배야. 뭣 모르는 소리 하고 있어."

너를 낳아 기르며 내 얼마나 행복했는데, 너 입에서 그런 말이 나오느냐는 게 엄마 본심이었을 거다. 더 하고 싶은 말이 목 끝까지 차올랐겠으나, "그래. 내 뱃속에서 낳은들 어찌 네 생각과 내 생각과 같을 수 있겠니. 하물며 요즘 사람 생각이 내 시절 배경과 같을 수 없겠지."라며 이해하려는 엄마를 두고, 한 번 더 맞받아쳤다.

"아 몰라, 몰라."

"피할 수 없으면 모른다고 대답하라." 만국 딸들의 바이블과도 같은 답변을 하고는 TV로 시선을 돌려 버렸다. 눈은 화면을 향해 있지만 집중이 되질 않는다. 소리가 귀로 들어오다가 도로 튕겨 나간다. 영 찝찝하다. 엄마 말을 거스른 것 같아서, "알겠어, 엄마." 한 마디면 됐을 텐데 단 한 번 지려하지 않아서. 하고 싶은 말이 더 많았을 텐데 내 편의

대로 대화를 중단해 버린 것 같아서.

잠시 사색에 빠진다.

도대체 우리 엄마는 나를 갖고, 낳고, 기르며 얼마나 행복했던 걸까. 아들도 아니고 자기와 같은 행복을 누릴 수 있는 딸내미에게, 우리 딸도 나와 같이 행복하라고 해준 말일 텐데. 역시 엄마가 되기 전까진 엄마의 깊은 마음까진 알 수 없나보다.

Part 2

딸의 삶

나, 태어나다

1989년 2월 14일. 내가 태어났다. 의미 있는 날 태어나다 보니 네 생일은 잊기도 힘들다며 해마다 초콜릿을 보내주는 친구도 있다. 여자가 좋아하는 남자한테 초콜릿 주며 고백하는 날이라던데. 생일 핑계로 받기만한 나다.

우리 어릴 땐 빠른 년생이라는 개념이 존재했다. 1, 2월에 태어나 초등학교 입학 시기가 애매한 경우 동급생보다 1년 빠르게 입학하는 건데, 2월에 태어난 나도 여기에 해당했다. 덕분에 1988년생과 한 학년, 한 반에서 수업 받을 수 있던 나는 동급생이라는 이유로 그들과 맞먹었다. 3월에 태어난 친구들과는 자그마치 11개월이라는 세월의 격차가 있었지만, "야"라 불러도 "너 뭐라고 했어?"라며 따져 묻는 이 하나 없었다. 물론 나는 걔들보다 덩치는 훨씬 작았다. 당연했다. 365일 동안 매일 3번의 식사를 더 했을 테니까. 1988년생 언니오빠들 보다 키도 작고 왜소했지만, 이상하게도 우리 반 빠른 년생은 유독 공부를 잘

했다.

"너도 빠른 89년생이야?"

공부 깨나 한다는 친구에게 의례 묻는 질문이 되어버렸다. 자랑하려는 건 아니고, 나도 대열 중 한 명이었다. 그래, 솔직히 말하면 나는 어렸을 때부터 똑순이었다. (별명도 유치하지. 똑소리 나는 여자아이라고 똑순이가 뭐야.) 시기 별 아이들 성장하는 단계가 있는 데, 외형적 성장을 제외한 머리 쓰는 것만큼은 다른 아이보다 조금 빨랐던 모양이다. 그리고 그것은 자랑거리가 되었다. 남들 보다 빠르게 터득한 젓가락질에 엄마아빠는 자랑스러워했다.

"은경이 벌써 젓가락질 하니? 우와!"

젓가락질이 뭐라고. 수준에 안 맞는다며 포크는 일찌감치 넣어두고 젓가락질을 시작한 내가 어른들은 기특했나보다. 어려울 것 없이 한 손에 쥐고 오물조물 하다보면 집히는 게 반찬이던데. 미술학원에 다닐 무렵부터 시작한 눈높이 맞춤 학습지 풀 때도 그랬다. "어머님, 은경이는 셈이 빨라요."한참 어린 동생보다도 못 하냐며, 같이 학습지 수업을 받던 동네 언니만 엄한 꾸지람의 대상이었다. 일찍이 가스불도 사용하기 시작했다. 어린이에게 가스 사용은 신뢰를 인정받았을 때만 가능한 일이었는데, 그 일을 나는 진작 허락 받은 것이다.

뭐든 일렀던 것 같다. 때 아니게 철도 일찍 든 걸 보니.

아빠는 넉넉한 집안에 부족함 없이 자란 막내아들이었다. 사랑은 대물림이라고, 아빠 자식이라는 이유로 우리도 할머니 할아버지 덕 보고 살던 때가 있었다. 오래 가지 못했다는 게 함정이지만. 보증이 문제였다. 잘못 선 보증으로 졸지에 우리 가족은 빚에 내몰리게 되었다. 빚쟁이들이 집에 찾아왔다. 돈 갚으라고. 두 어른이 집을 비웠을 때면 그들 응대는 내 몫이었다.

"엄마아빠 안 계시는데요. 무슨 일이세요?"

어린 동생을 뒤에 두고 족히 마흔 살은 많아 보이는 아저씨, 아줌마를 상대했다.

돈에 눈이 먼 그들은 눈앞의 나를 보호 받아야 할 아이로 보지 않았다. 밀치거나 폭력을 행사했던 건 아니지만, 너희 엄마아빠가 돈을 안 줘서 자기가 이런저런 곤란을 겪고 있다며 어린 나를 붙잡고 하소연하기 시작했다. 언제까지 갚아야 했는데 여태 주지 않았고, 그래서 내가 찾아왔고, 더는 참을 수 없으니 너희 부모 얼굴이라도 보고 가기 위해 이 자리에서 기다리겠노라고. 미칠 노릇이었다. 이 어른들은 도대체 어린이에 대한 배려라는 게 있긴 한 건지, 아니, 어른 잘못이 아니라 돈이 그들을 그렇게 만든 건지 뭔지. 그때 알았다. 돈이 무서운 놈이라는 걸. 돈 있던 우리 집과 돈 없는 우리 집을 대하는 모습이 180도 변해버린 저 아줌마를 보고 있자니, 마치 지킬앤하이드 같았다. "돈이 사람을 저렇게 만드는구나." 온갖 아양 떨어가며 그렇게 잘하더니, 돈 때문에 전혀 다른 사람이 될 수도 있다는 걸, 그 나이에 나는 깨달았다. 상황이 고조되자 전기요금을 못내 전기가 끊긴 일도 있었다. 20세기에 전기 없이 산다는 게 웬 말일까 싶지만. 어둠으로 가득해 당장 눈앞에 있는 물건 하나 알아보지 못할 때, 그 불편함이란. 소중한 저녁시간 어둠에 공으로 날려 버려야 하는 그 아쉬움이란. 뜻하지 않게 에디슨의 발명에 감사함마저 배운 나였다.

일찍이 배우는 게 많아질수록 애 다운 행동이 엄마를 곤란하게 만든 것을 알았다. 본능에 충실하는 삶. 가지고 싶은 것, 먹고 싶은 것, 하고 싶은 것 거침없이 이야기하고, 소유하지 못했을 때 오는 절망감을 슬픔으로 표현하는 일. 나는 할 수 없었다. 하고 싶은 것 다 하고 살 수 없는 게 세상이라는 걸, 참을 줄도 알아야 한다는 사실을 깨달았으니까. 그럼에도 꼭 하고 싶던 게 있었다. 엄마를 난감하게 하면서 까지도 바라던 일이었는데, 바로 아람단이다. 저들끼리 파란색 블라우스에 팬던트를 하고 모여 하는 행사에 나도 끼고 싶었다. 방과 후 운동장 한 가운데 모여 선서를 하고, 때로는 현장학습을 떠나기도 했던 친구들이 그렇게 부러웠다.

"에이. 저거 해서 뭐해. 별 것 없어 보이는데."

아람단 모임이 있어 가야 한다는 친구 뒷모습을 보며 부러우면 지
는 거라는 생각에 애써 마음을 달래며 집에 왔다.

뭐.

배운 게 많았다. 조금 일찍. 88년생 언니 오빠들 따라 잡으려 이렇게
도 성숙했다고 생각하는 나와 달리, 엄마는 그런 내게 미안한가보다.
어릴 때부터 철이 들어서 나이답게 자라지 못했다고, 그때 생각하며
눈시울이 붉어지는 엄마다.

미니어처

"너는 엄마 닮았어? 아빠 닮았어?"

"나? 아무도 안 닮았는데?"

배우 고창석과 그의 딸 고예은 양의 사진을 보고 경악을 금치 못했다. 닮아도 이렇게 닮을 수 있을까. 사진 속 부녀의 모습은 과장 약간 보태 고창석과 고창석에 업혀 있는 여자 고창석이었다. 진정한 유전자의 힘이었다. 그래. 이정도 까지는 아니더라도 "엄마 닮았구나?" 혹은 "아빠 닮았네?"와 같이 한 눈에 식별 가능하도록 돕는 게 물려받은 DNA라던데, 도대체 나는 어디로부터 흘러 온 건지. 정체성에 의심될 정도로 아빠와 엄마, 그 누구도 닮지 않은 거울 속 나를 보고 있자니, 사뭇 심각해졌다.

"엄마가 말하던 다리 밑에서 주워왔다는 말. 거짓이 아니었나?"

"에이. 설마. 아니겠지."

우리 엄마와 우리 아빠 사이에 태어난 첫째 딸 맞는다고, A형과 O형 사이에 태어난 O형이 이를 증명한다고 한들, 이리 뜯어보고 저리 뜯어봐도 닮은 구석 하나 없는 모양새에 스멀스멀 의심이 차올랐다. 어른들 어린 나를 만나 하던 인사치레도 한몫했다. 뚜렷이 아빠의 형상을 하고 있거나 전쟁 통에도 단박에 딸내미 알아 볼 만큼 닮았다면, 그들은 공통된 목소리로 외쳤을 거다. 엄마 혹은 아빠 닮았구나! 웬걸. 중구난방인 그들의 의견을 듣고 있자니 혼란스러웠다. 한 길로 흐르지 않는 답변은 둘 중 어느 하나 닮지 않았다는 걸 의미하는 것 같았으니까. 그 말은 나에겐 엄마아빠의 유전자가 흐르지 않는다는 이야기였으니까.

생부모인지 계부모인지 파헤쳐야 했다.

구할 수 있는 단서를 찾아 모으기 시작했다. 떠오른 단서는 앨범이었다. 장롱 한 편에 있던 갓난아기 때 사진첩을 찾아 들고 내 얼굴을 관찰하기 시작했다. '지금은 안 닮았지만 그때는 닮았을지 몰라.' 태어나고 얼마 안 됐을 때 찍힌 사진, 백일 기념으로 찍은 사진, 돌 사진, 낱낱이 살펴봐도 닮은 구석하나 없었다. 힘없이 앨범을 덮었다.

엄마한테 직접 물어보자니 망설여졌다.

"네 말이 맞는다고, 계모였다고 이제와 고백하면 어떡하지."

형체 없던 의심이 실체가 될까 두려웠다.

찾지도, 묻지도 못해 알길 없는 의문을 가지고 몇날 며칠을 보내던 어느 날이었다. 우연히 첫째 고모 사진을 보게 되었는데, 고모 목 왼쪽에 지도 같이 생긴 커다란 점이 있었다. 머리털 나고 한 번 본적 없던 비범한 모양의 점이었는데, 낯설지 않은 모습에 의아함도 잠시. 아뿔싸. 내 목에 있는 그것과 같은 것이었다!

"할렐루야, 하느님 아버지, 부처님, 알라신이시여! 감사합니다. 착하게 살겠습니다!"

우리 아빠의 유전자를 받고 태어났다는 사실이 첫째 고모를 통해 밝혀진 것이다. 더욱 기뻤던 것은 첫째 고모는 형제 중 가장 공부를 잘했고, 또 공부도 많이 했던 석학이기에 그랬다. 우리는 뭔가 통하는 게 있다며.

마침내 하나의 줄기는 찾았다. 우리 아빠는 생부가 맞았어.

밝혀지지 않은 친모 소동에, 엄마랑 차림새라도 똑같이 하려 했다. 엄마가 청바지에 흰 티셔츠를 입는 날이면, 나도 청바지와 흰 티셔츠를 꺼내 입었다. 엄마가 쫄바지에 하늘하늘한 반팔티를 입기로 했다면, 가능한 비슷한 옷으로 골라 입었다. 엄마 판박이가 되고 싶었다.

계모라기엔 생모의 냄새가 강하게 나는 엄마의 DNA를 찾는 일만 남았던 일요일.

일요일 오전이면 어김없이 엄마와 동네 목욕탕을 갔다. 졸려 죽겠는데, 더 자고 싶은데 굳이 깨워 데리고 나가는 터에 질질 끌려가 하품만 연신 하고 있었다. 그러다 우연히 엄마 몸을 보게 되었는데 놀라지 않을 수 없었다. 우리는 체형이 너무나 유사했다. 얼굴, 팔, 다리 있고, 손가락 있고 그런 정도가 아니라, 손마디 간격 비율이, 종아리 형태가, 발가락 손가락 모양이 똑 닮아 있었다.

"유레카!"

아르키메데스가 생각에 잠겨 물이 가득 찬 목욕통에서 부력의 원리를 깨닫듯, 나는 목욕탕에서 우리 엄마의 딸임을 깨달았다!

그제야 비로소 보이기 시작했다. 내가 엄마의 미니어처였구나.

엉덩이 두 짝 간신히 들어오는 간이 플라스틱 의자에 앉아 한껏 수그려 엄마에게 등을 내어 준 나. 나와 한 방향을 하고는 펼쳐 보인 내 등을 사정없이 밀어주는 엄마. 목욕탕 거울에 비친, 같은 모습 다른 비율을 하고 우리가 영락없는 모녀사이였구나.

생모 백퍼다. 생모가 아니고서야 이렇게 세게 문지를 수 없다.

배 아파 낳은 딸 꼬지지해 보일까 한 가락의 때도 남기지 않으려 박박 밀어대는 터에 온 등이 시뻘겋게 변했다. 아파 죽겠는데 히죽히죽 웃음이 새어 나온다.

'목욕 마치고 엄마랑 김치만두 먹으러 가야지!'

엄마 없인 못살아
그녀는 나의 전부1

열렬히 사랑했다.

내 인생 전부는 엄마였고, 그런 엄마가 없는 삶이라면 살아내지 않겠다고 각오했다.

초등학교도 입학하기 훨씬 전이었다.

저녁식사 맛있게 하고 동생과 토닥거리며 놀고 있던 때였다. 엄마가 안절부절 못하기 시작했다. 이마에는 새벽나절 잎사귀에 맺힌 이슬마냥 땀방울이 피어나고 있었고, 미간은 일그러질 데로 일그러져 있었다. 윗니로 아랫입술 앙 깨문 모습까지 보니, 이건 비상사태다 싶었다.

"엄마 왜 그래? 어디 아파?"

지나가는 엄마를 붙잡고 물었다. 아무 말 없었다. 말할 힘조차 없어 보이던 엄마는 한 손은 배를 움켜쥔 채 나를 스쳐갔다. 얼마나 아프길

래 대꾸할 힘조차 없는 걸까. 걱정 되는 마음의 뒤를 쫓아 보니 엄마가
향한 곳은 화장실이었다. 도가 지나친 상상은 상황을 극대화 시켰다.
'어디 아픈가.'에서 시작해 '이러다 큰일 나는 거 아닌가.' 하는 생각으
로 불똥이 옮겨 붙었고, '미흡한 대처로 하루아침에 엄마를 잃는 거 아
닌가.' 하는 두려움으로 번져갔다. 생각은 순식간에 나를 집어 삼켰다.
다급히 화장실 문을 두드리기 시작했다.

"엄마! 엄마! 빨리 문 열어봐! 엄마!"

내 머릿속이라곤 들어와 본 일 없던 어린 동생은, 영문도 모른 채 언
니의 다급한 외침을 따라했다. 우리는 함께 외쳤다. 문 열라고. 어린 네
개의 손은 리듬감 따윈 무시하고 쿵쾅거리기에 바빴고, 그럼에도 열리
지 않는 문에 나는 공상했다. 쓰러진 게 분명하다고. 찰나에 만들어버
린 허구에 마음은 더욱 급해졌고, 목소리는 한껏 커졌다. 1분여 지났을
까. 집중해도 모자란 판에 정신 흩트리는 두 딸에게 졌다 싶었던 엄마
는 그제야 문을 열었다. 보이는 엄마 모습에 쓰러진 게 아니었음을 확
인하고 안도감에 눈물부터 흘러 나왔다. 내가 지어낸 허구가 얼마나
굉장했던지. 눈앞에 보이는 엄마 모습은 거의 환생 수준이었다.

"아프지마, 엄마!"

언니가 운다고 동생도 따라 울었다. 화장실을 경계로 변기에 앉아

있는 엄마, 열려 있는 문, 질펀하게 주저앉아 서럽게 우는 두 딸. 가관이었다. 그런 우리가 어이없으면서도 귀여웠는지, 엄마는 자기 괜찮다고, 배 아파서 그런 거니 걱정하지 말라며 오히려 우리를 달래 주었다. 엄마는 화장실이 가고 싶었을 뿐이었다. 먹은 음식에 문제가 있었는지 배가 살살 아파오는 터에 편히 속을 비워내고 싶었을 뿐인데, 어린 두 딸 이렇게 슬퍼할 줄이야.

엄마를 잃을 것에 대한 두려움이 만든 걱정은 나를 벼랑 끝까지 몰아갔다.

내 마음이 얼마나 절실했냐면, 나보다 먼저 죽으면 안 된다고 신신당부를 했다.

"엄마, 나보다 먼저 죽으면 안 돼. 알았지? 꼭 나 죽고 죽어야 돼. 응? 약속해 빨리."

불효녀의 끝판 왕이었다. 딸 먼저 보내고 떠나간 자식 가슴에 묻고 살라니. 부모더러 내 상을 치러 달라니. 지금에 와 보니 이만한 불효도 없겠구나 싶지만, 엄마 마음 안중에 둘 여유가 없었다. 엄마 없는 내 삶은 소름끼치게 두려웠으니까. 혹여 내 소원 까먹기라도 할까, 들어주지 않을까 염려되어 반복에 반복을 거듭했다. 제발 부탁한다고. 나보다 먼저 죽지 말라고. 아니면 같은 날 같이 죽자고. 아무리 어린 딸이지만 어떻게 그런 말을 하냐고, 너 보내고 가슴에 사무쳐 어떻게 살겠냐며 나를 설득하려던 엄마도 내 부탁이 간곡해 보였는지 나중엔 입을 닫아버렸다. 묵시적 계약이 성립했다고 착각했던 그때, 그제야 안심했다. 살아 있는 동안 엄마랑 떨어질 일은 없겠다고.

감수성이라는 것이 폭발한다는 중학교 1학년이 되었다.

"사랑이란 무엇일까."

황순원 소설 <<소나기>>를 듣고 수업 시간 목이 메여 말을 잇지 못하던 그 시절. 사랑이라는 두 글자에 담긴 의미와 느낌, 감정 모두에 호기심 가득하던 어린 날 들었던 이야기가 있다.

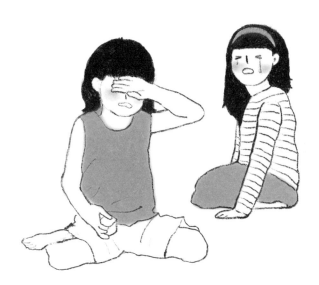

"선생님, 저는 좋아하는 친구가 있는데요. 그 친구랑 헤어질까봐 겁이 나요. 왜 그럴까요?"

"OO아. OO이가 그 친구를 너무 좋아해서 그런 거란다. 진심 담아 누군가를 좋아하면 그 사람이랑 헤어질까 겁이 나거든. 두려움은 그 사람이 너무 소중해서, 사랑해서 오는 자연스러운 감정이야."

그제야 나는 엄마에게 품었던 감정을 받아들일 수 있었다. 엄마를 너무 사랑해서 그랬구나. 지금의 행복한 감정을 잃게 될까 무서웠구나. 그렇게 엄마를 잃어버릴까 초조했구나.

엄마 없인 못살아
그녀는 나의 전부 2

엄마분리불안 증상이 있었던 것도 같다.

초록창에 "엄마 분리 불안"이라고 쳐봤더니 놀랄 노자다.

"생후 6~7개월이 되면 엄마를 알아보고 엄마에게서 심리적인 안정을 찾으려고 한다. 그래서 다른 것을 탐험하다가도 곧바로 엄마를 다시 찾는다. 이렇게 엄마와 떨어지는 것에 대해 불안을 느껴 잠시도 떨어지지 않으려고 하는 것을 분리불안이라고 한다. 분리불안은 생후 7~8개월경에 시작해 14~15개월에 가장 강해지고 3세까지 지속된다."

'엄마와 떨어졌을 때 나타나는 불안 증세가, 고작 3세까지 지속 된다고?'

사뭇 진지해졌다. 사용하는 글씨체도 궁서체로 바꾸어야 할까 봐.

나는 초등학교 1학년이던 7살까지 엄마분리불안을 겪었다. 심리학에서 밝힌 증상 발현 나이에 무려 2배가 넘는 시간을 지속했던 거다.

입학 통지서가 날아왔다. 몇 날, 며칠, 몇 시까지 어느 초등학교 운동장으로 모이라고. 그때도 엄마는 말했다. "우리 딸 다 컸네." 나보다 들뜬 엄마는 입학식 날 입고 갈 옷 사야 한다며 백화점 쇼핑도 했다. 아직도 기억에 남는다. 가슴 왼편에 와펜이 부착되어 있던 빨간 재킷이었는데, 마치 영국 황실에서 승마 훈련이 있는 날이면 입을법한 그런 재킷이었다. 한 치의 흐트러짐도 용납하지 않을 것 같아 보이는 직각의 책가방도 사주었다. 참으로 빈틈없는 가방이었다. 가방 안에 든거라곤 알림장, 필통뿐이었지만 가방은 가방만으로 충분히 무거웠다. 후에 내 키를 고만고만하게 만든 원인이 여기에 있었다는 의심은 아직도 지울 수 없다. 아무튼. 디데이 하루 앞둔 저녁. 장롱밖에 걸려있는 빨간 마이와 방 한편에 세워져 있는 책가방과 실내화 가방을 보며 일기 썼다.

"내일이면 초등학교를 간다. 긴장된다. 마음이 두근거려 잠이 오지 않는다. 그래도 엄마가 같이 가 준다고 해서 안심이다."

20년도 더 된 일기지만 잊히지 않는 건, 긴장과 김장을 혼동해 그 의미를 다시 배웠던 일과 일기 쓰며 느꼈던 쿵쾅거림 때문이다. 미술학원에 다니던 때와는 느껴지는 무게감이 달랐다. 드디어 초등학생 된다며 한껏 축하해주던 어른들의 인사가 나를 무겁게 했다. 공부 열심히 하고 친구들과 사이좋게 지내라며 선물해주는 각종 필기도구, 공책, 책가방, 심지어 용돈까지. 이거 뭔가 대단한 일이구나 싶었다. 책상 한 가득 쌓여가는 공책에, 연필에, 필통에, 때로는 똑같은 디자인의 것 선물해 오시어 '이왕이면 다른 모양 사다주지.'하는 아쉬움마저 들게 만드는 탓이었다. 초등학생이 된다는 것은 영 부담스러운 일이었다.

긴장을 얼마나 한 건지, 한가득 울렁이는 속에 아침도 먹는 둥 마는 둥 하고는 사뒀던 빨간 재킷과 전투에나 쓰일 법한 책가방을 메고 집을 나섰다. 약속대로 엄마도 함께 했다. 긴장되어 미치겠으나 엄마가 옆에 있다는 안정감이 나를 살렸다. 엄마가 같이 가주지 않았다면 아

마 진학을 포기했을지 모르겠다.

학교에 도착하니 학부모님은 저기 계시고, 입학생들만 운동장에 두 줄로 서란다. '우리 엄마 나 놔두고 집에 가버리는 건 아니겠지.' 그때도 또래 중 가장 아담했던 나는 맨 앞줄에 서게 됐고, 몸은 대열에 있으나 눈은 엄마만 향해 있었다. 대열 앞에 있던 사각 얼굴에 잔뜩 성이 나있어 보이던 선생님이 담임이란다. 그녀는 간단히 자기소개 하고는 우리 모두를 데리고 교실 안으로 들어가려 했다. 자기 따라 오란다. 엄마가 아무도 따라가지 말라고 했는데. 불안해진 나는 엄마만 쳐다봤다. 가야 하나 말아야 하나 망설이는 나를 두고 엄마는 따라가라며 손짓했고, 그제야 나는 나만큼이나 아담하던 옆 친구와 손을 잡고 반으로 이동했다.

교실은 차가웠다.
낯선 공간에서 온기를 느낄 턱도 없었다. 이번에도 맨 앞자리였다. 사각형의 얼굴을 한 저 여자가 앉으라기에 일단 앉아는 있지만 불안해 미칠 것 같았다. 오줌 마렵던 것도 잊어버렸다. 앞으로의 학교생활에 대해, 그리고 내일부터 지참해야 할 준비물에 대해 안내하던 그 목소리가 하나도 들어오지 않았다. 나는 복도에 있는 엄마만 쳐다봤다. 다른 애들 엄마는 삼삼오오 모여 수다를 떨고 있는 것 같았으나, 우리 엄마는 그러지 못했다. 엄마분리불안이 있는 초등학교 1학년생 딸이 있었으니까. 덕분에 3월, 차디찬 복도에 서서 나를 지켜야 했다. 내 시야에서 벗어나지 않기 위해. 엄마가 복도에 있음을 확인하고 잠깐 한눈

판 사이, 엄마가 사라졌다. 엄마 어디 갔지?

"선생님! 우리 엄마 없어졌어요."

선생님 말 딱 잘라먹고 울먹이듯 말하는 초1에게, "엄마 화장실 가셨을 거야."라며 대수롭지 않다는 듯 한 마디 남기고 자기 할 말만 하기 시작했다. 한 눈 팔았던 내 잘못이라며, 끝까지 시야에 있던 엄마를 지켜야 했다고, 똥마려운 강아지 마냥 이러지도 저러지도 못하던 때. 엄마가 다시 시야에 나타났다.

"엄마 나한테 말도 안하고 어디 갔다 왔어!"

집에 가도 좋다는 담임선생님 말 끝나기 무섭게 복도로 뛰쳐나가 엄마에게 따졌다. 화장실 다녀왔다고. 엄마 어디 안 간단다. 말과 동시에 가방 무게만 족히 5kg은 되던 직각의 그 책가방과 실내화 가방을 빼앗아 메고는 한 손은 나를 잡고 학교 밖을 나왔다.

난방도 안 되는 복도에 서 나를 기다리느라 차가워진 엄마 손을 잡고 있자니, 긴장이 풀리기 시작했다.

'초등학교는 왜 가야 할까. 24시간 온 종일 엄마랑 있고 싶다.'

그랬던 나였는데

긴장은 오래가지 않았다.

인간은 적응의 동물이라고 나도 이내 적응했다. 1학년 교실에서 풍기는 특유의 아이젖내도, 분단은 바뀔지언정 한결같이 배정되던 맨 앞자리도, 1분단 중간에 앉아 쉬는 시간 마다 우유에 시리얼 말아먹던 남자애도 모두 '그러려니.' 한 풍경이 되었다. 숙제 안 해 왔다는 이유로 반 친구의 뺨을 강타해 버리는 교탁 위 사각형의 담임은 아직도 적응안 되지만. 덕분에 딸내미 시야에 머무르기 위해 간신히 화장실만 다녀올 수 있던 엄마도 점점 자유로이 활동할 수 있게 되었다. 적응력 향상과 함께 복도에 서 있는 엄마를 검열하는 일이 줄어들었기 때문이다. 자라던 나를 짓누르던 직각의 전투용 책가방과 실내화 가방을 대신 메어 주는 일도 드물어졌다. 대신 등굣길 벗을 만들어 주었는데, 길하나 건너 살던 상수라는 남자 아이었다. 엄마는 우리에게 손 꼭 붙잡고 등교 할 것을 권유했다. 그래도 남자라고, 엄마는 상수가 믿음직스러웠던 모양이다. 시커먼 나와 달리 뽀얀 사골 국 얼굴을 한 상수가 뭐가 듬직해 보인다는 건지. 내키지 않았지만 엄마의 부탁이라는 생각에 상수의 손을 잡고 인사했다. "학교 다녀오겠습니다."

적응은 진화를 거듭했다.

엄마와 상수 없이 등교해도 겁날 것이 없어졌다. 집에서 학교까지 횡단보도 세 번만 건너면 됐고, 가는 길 문방구와 분식점 유혹에만 빠지지 않는다면 직선으로 난 길 따라 쭉 걸어가면 그만이었기 때문이다. 그 무렵 엄마는 아침마다 가방을 메어주고, 500원짜리 동전 하나 챙겨주면 그만이었다. 나머지, 내가 학교에 가 있던 시간은 모두 엄마의 것이었다.

엄마가 그립지 않았던 건 아니다.

예보에도 없던 비가 오는 날이면 정문 앞에 엄마가 우산을 들고 서 있기를 바랐다. 우산을 챙겨 오지 않은 날은 절실했고, 챙겨온 날이라고 다를 건 없었다. 핸드폰이라곤 없던 그때. 비 오기 시작할 때부터 수업 마칠 때 까지 연신 텔레파시를 보냈다. '온전히 전달됐기를.' 비에 젖어 질퍽이는 운동장을 건너 마침내 학교 정문에 다다른 순간. 사방을 둘러봐도 엄마는 보이지 않았다. 아무리 찾아봐도 우리 엄마가 없었다. 망연자실한 나와 달리 같이 하교하던 친구는 자기 엄마 보자마자 나를 버리고 달려갔다. 치사한 년. 누구는 엄마 없는 줄 아나. 한참 째려보고 있자니 친구네 엄마는 딸 주려고 챙겨 온 우산 하나를 나에게 넘기곤, 본인은 내 친구와 한 우산을 쓰고 나란히 걸어갔다. 둘과 하나가 되어 걸어가는 그 길. 사무치게 엄마가 보고 싶었다.

엄마가 우산 들고 나를 기다리던 날이면, 그렇게 행복했다.

"엄마~아아!"

저 멀리서도 한 눈에 보이는 엄마 모습에 들뜬 나는 흙탕물로 온 몸 적셔대는 일은 아랑곳 않고 한 달음에 달려갔다. 기뻤던 것은 엄마가 마중을 나왔다는 사실과, 그로 인해 우리 엄마도 다른 엄마처럼 학교에 출몰한다는 사실이었다. 그때는 아직도 모르겠는 심보가 하나 있다. 학급회, 녹색 어머니회, 무슨 무슨 위원회 등, 학부모가 학급 일에 참여하는 일이 더러 있었는데, 그 모임마다 참여하는 아줌마의 딸이나 아들, 그러니까 같은 반 친구가 그렇게 부러웠다. 우리 엄마가 아줌마 모임에 속해있다는 소속감이었을까, 엄마가 학교에 출몰함으로써 누구도 나한테 해코지 못 하겠지, 라는 막연한 든든함이었을까, 한 번이라도 더 엄마 얼굴 볼 수 있다는 행복함이었을까. 부러움의 이유는 모르겠지만 부러운 감정 하나만은 선명했다. 그런 나에게 엄마가 마중 나와 주었다는 사실만으로 가슴에 벅찬데, 이 벅참을 왠지 우리 반 친구들과 나누고 싶었다. 자랑하고 싶었다는 말이다. 자연스레 엄마에게 책가방과 실내화 가방을 내어준 후 으쓱댔다.

"우리 엄마는 나 마중 왔다!"

큰 소리 치고 싶었던 건, 비 오는 날 친구 마중 나온 아줌마를 보고 느꼈던 부러움 때문이었을 거다. 부러움의 대상이 내가 되었다는 건 자랑할 만한 일일 테니까.

그랬던 나였는데, 더 이상 엄마 한 품에 담기지 않는 나이가 되고 나는 달라졌다.

오롯이 엄마에 종속되고 싶던 딸이었는데, 엄마를 벗어나 하나의 인격이 된 나였다가, 엄마를 반하기까지 하는 깡패가 되어버렸다.

"큰딸, 이번 연휴에 뭐해? 집에 놀러와."
"연휴에 약속 있는데? 다음에 갈게."

시간 내기 바쁜 딸이라는 생각에 모처럼 맞이한 연휴 이용해 집에 쉬러 오라는 엄마의 제안을 단칼에 잘라 버렸다. 약속 미루고 엄마 보러 갈 수도 있었지만, 다음에 만나자며 연락하는 수고도 하려 하지 않았다. 약속을 안 지키기는 엄마가 더 쉽기 때문이다. 약속을 취소한다면 상대방에 대한 내 신의를 저버리는 일이겠지만, 당연히 엄마는 이해해 줄 거라는 건방짐이 나를 이렇게 만들었다. 아무리 생각해도 나와 같은 딸을 낳으란 말은, 단언컨대 욕이다.

품안의 자식이라는 말, 부모 품에 들어오는 사이즈의 아이를 빗대어 품 안에 있을 때나 자식이지 품 밖을 벗어난 자식은 더 이상 내 새끼가 아니라고. "우리 딸 다 컸네."를 남발하던 엄마는, 이 말을 후회하고 있을까. "그래도 품 안에 있을 때가 좋았는데."하며.

사춘기 딸

본격적으로 엄마 품에서 벗어나고자 한 건 사춘기를 맞이하고부터다.

"엄마! 나 친구들이랑 놀다 올게."

동네 아이들이랑 놀다가도 엄마가 같이 장 보러 가자면 뒤도 안보고 뛰쳐나가던 나였다. 무엇도 엄마와 보내는 시간에 견주 할 수 없었다. 모든 엄마와 하고 싶었다. 볼일 있다며 한껏 차려입고 나가는 엄마를 붙잡고 나도 데리고 가라며 매달리기도 여러 번이다. 다음에 데려가겠다는 엄마에게 이번만 데려가 달라고, 부탁이라며 부랴부랴 외출복으로 갈아입고는 기어코 쫓아가려던 나였다.

엄마와는 공유하지 못할 것들이 생겨나기 시작했다. 우리끼리만 통하는 뭐, 그런 거랄까. 2차 성장이 오고부터 유독 말수가 줄어들었다.

엄마 말에 대꾸하는 것도 귀찮아졌다. 딸이 학교에서 뭘 배웠는지, 교우 관계는 어떤지, 담임선생님은 어떤 분인지, 요새 고민은 없는지 궁금한 것 많은 엄마였겠지만, 대화를 거부하는 딸에게 엄마도 말을 잃었다. 사춘기였다. 병도 걸렸다. 호환마마보다 무섭다는 중2병에. 요즘 애들 자라는 속도가 남다르다고 하지만 병명이 말하듯 2002년이나 2020년이나 중학교 2학년생이 걸리는 병임에는 불변인가보다.

사실 내가 중2병에 걸렸다는 사실은 엄마와 동생으로부터 뒤늦게 듣게 되었다. 엄마 말 잘 듣고, 동생에게는 상냥하며, 공부 잘하고 성실하던 학생이었던 기억 속 나의 중2와는 전혀 다른 사람이, 나였단다.

"언니, 그때 얼마나 날카로웠는지 알아? 친언니만 아니었으면 가만 안 뒀다."

사춘기를 하나의 주제 삼아 이야기 푸는 것도, 딸 인생에서 엄마에게 가장 잔혹하게 굴던 시기였기 때문이다.

중2에게는 모든 것이 문제다.

일단 중학교 1학년 때 돌아가신 아빠의 부재도 문제였다. '쟤도 아빠 있고, 걔도 아빠 있고, 나보다 공부도 못하는 얘도 아빠가 있는데, 왜 나만 없어.' 아빠의 빈자리는 종종 나를 괴롭혔다. 모든 시선이 나에게 집중되는 것 같은 착각에 빠져 살던 그때, 하나의 시선이라도 덜어

내고 싶던 내게 한 반에 세 넷 밖에 없던 편부모 가정이라는 특별함은 늘 불편했다. 얼굴 전체를 도배했던 여드름도 그랬다. 피지 분비가 왕성하던 그때, 여드름 하나 둘 생기기 시작하더니 어느새 얼굴 전부를 뒤덮었다. 여드름 없이도 충분히 불만족스럽던 생김새였는데, 쉼 없이 솟아오르는 여드름을 보고 있자니 나는 잔뜩 화가 났다. '누구는 피부만 좋은데 나는 왜 이런 피부 물려준 거야.' 그 무렵 같은 반 애들 대부분은 보습학원에 다녔는데, 나만 갈 수 없다는 것도 신경 쓰였다. 나도 쟤들 따라 가고 싶었지만, 엄마 외벌이로 세 식구 먹고 사는 형편에 학원 보내 달라는 말은 차마 하지 못했다. 하교 후 함께 학원에 가는 친구들이 부러웠다. 저들끼리 형성된 학원 커뮤니티에 낄 수 없다는 것도 영 별로였다. 친구들 실컷 떠들 때 할 말이 없었으니까. 물리적으로 함께 있으나 소속되지 못할 때 느끼는 심리적 거리가 불편했다.

모든 탓이 엄마에게로 향했다.
편부모 가정인 것도, 얼굴에 난 여드름도, 학원을 못가는 것 죄다. 중2 극도의 예민함이 폭발했다.
"엄마가 뭘 해줬어? 나 변호사 되고 싶은데 엄마 뒷바라지 해줄 수 있어?"

내가 그랬단다. 엄마한테.
정작 해준 일 밖에 없는 사람한테 도대체 당신이 해준 게 무엇이냐며 대들었단다. 내 기억에 없는 일이라 거짓말 같지만, 사실이란다. 그랬던 내가 싫어 스스로 기억에서 지웠나보다.

　동생 말에 의하면 엄마는 뒤에서 눈물을 훔쳤다고 했다. 그때는 아무것도 몰랐지만 글을 쓰는 지금 내 마음을 찡하게 만드는 건, 엄마 눈물의 의미가 보여서 이기 때문이다.

　서운해서 운 게 아니었다. 벌린 입이라고 엄마한테 말을 저렇게 예쁘게 할 수 있냐며, 화가 나거나 자식 잘못 키웠다는 생각에 흘린 눈물도 아니었다. 본인의 정곡을 찔렸기 때문이었다. 안 그래도 마음의 짐이라 누가 톡 하고 손끝으로 살짝만 건드려도 바로 터져버릴 것 같은 그런 취약함. 그걸 딸인 내가 찔렀던 거다.

　바쳐왔던 사랑에 대한 기억은 온데간데없이, 주지 못한 미안함만 남아 있는 게 엄마라는 사람인가보다. 더 주지 못해, 더 잘해주지 못해 미안하다는 말 한 마디로 눈물을 글썽이는 엄마다. 지난날의 일 동생 입을 빌려 듣게 되니, 참으로 못난 딸이었구나 싶다. 사춘기라는 방패막이로도 이해받을 수 없는 상처를 엄마에게 준 게 나라는 사람이라니. 열 달 품어가며, 사지가 찢어지는 고통을 겪어가며, 자신의 모든 것 희생해가며 키운 딸에게 받은 상처를 누가 치료해줄 수 있을까. 이 책을 쓰기 전 염려해 왔던 찢어지는 아픔이 살며시 느껴진다.

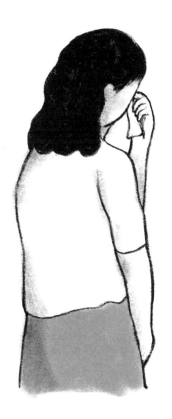

딸의 삶

딸의 삶이 전부라

인생 32년차. 적지 않은 타이틀을 지나왔다. 새 나라의 주역인 어린이, 공부만 열심히 하면 다른 모든 것은 만사 허락되던 학생, 반을 대표하는 반장, 동생에겐 언니, 미연이 에게는 친구, 회사에선 감독, 그리고 엄마에겐 딸. 아직도 거쳐야 할 많은 직책이 존재하겠지만, 그중 으뜸은 바로 엄마다.

우리 엄마는 어여쁜 이름 세 글자 가지고도 본인 이름으로 통한 일 없다. 대신 내 이름 빌려 불리곤 했다.

"은경 엄마, 저녁에 우리 집에 들러 반찬 좀 가져가."

"은경 어머님, 은경이가 노래에 소질 있어요."

어디하나 본인 이름 확인할 길 없으나, 누군가 부르는 '은경엄마'라는 호칭에 엄마는 대꾸했다. 자연스러운 일이었다. 나에게도 엄마, 남에게도 엄마, 그래서 또 엄마. 웃기는 일은 동생 이름 빌려 '은영엄마'라 불려 본 일은 없다는 것이다. 동생을 더 아끼던 아빠도 엄마 부를 때면 '은경엄마'였다. 큰딸 특혜인지는 모르겠다. 확실한 건 엄마는 동생의 것이기도 했지만, 늘 나의 엄마로 통했다는 것. 더욱이 재밌는 일은 나는 '아무개씨 딸'로 불린 일 없다는 것이다. 나는 그냥 '은경'일 수 있었다.

나는 딸의 삶 밖의 것은 알지 못한다.

손은경이라는 이름 석 자 대신 OO의 엄마로 불리어 본 일 없고, 그 덕분인지 '나'라는 고유 명사를 지칭하기 위해 태어난 이름은 여전히 바삐 활동 중이다. 딸의 삶 보다 나의 삶에 치중한 인생이다. 그러고 보면 딸로 사는 삶은 어렵지 않은 일이다. 그저 내 인생 살아내면 되니까. 딸로 불리는 일은 엄마 하나로 족하고, 딸이라 칭하는 사람마저 딸에게 바라는 바 없으니까.

"네 인생 네 것이니 네가 원하는 삶을 살렴. 다만 행복했으면 좋겠구나."

우리 두 딸, 하나는 '예쁜 막내딸', 또 다른 하나는 그냥 '큰 딸'에게 바라는 엄마 마음이다. 엄마 원대로 나는 내 뜻대로 살았다. 하고 싶은 것 거의 다 즐겼고, 하기 싫은 것 곧 죽어도 피했으며, 그것이 엄마 걱정 끼치는 일이건 아니건 상관없이 내 세상 내 마음대로 통치했다. 그리고 행복했다. 아니, 그래서 행복할 수 있었다. 그런 내게 있어 맡은 역할 중 가장 쉬운 일은 딸이었다. 마음의 확신도 한몫했다.

"우리 엄마는 내가 행복할 때 가장 행복할거야. 그러니까 내 행복 좇아 살아야지."

그랬다.

철이 들어가는 건가. 갈수록 딸의 삶에 무게를 느낀다. 여전히 내 인생에서 내 행복이 최우선임에는 변함없다. 다만 나만 행복하면 그만이던 그때와는 사뭇 다르다. 자식새끼 뒷바라지 하느라 30년 인생 '은경 엄마'로 살아낸 엄마가 신경 쓰인다. 그 세월 희미해진 엄마의 이름이 자꾸만 밟힌다. 그때, 먹고, 배우고, 즐기기 충분하던 내 월급이 왜 이리 부족하게 느껴지던지. 처녀 총각일 때와 달리 천연덕스레 빌붙어 먹는 저기 저 부모 된 자의 모습이 여기서 나왔던 건지. 의미 없는 생의 연장에 울상이던 아빠를 어떻게든 출근하게 만든 게 이런 이유였는지.
이젠 내 차례인가 싶다. 엄마가 보내준 사랑을 평생에 걸쳐 갚아나가려 한다.

'알아갈수록 가볍지만은 않은 게 딸이로구나.'

지난 32년, 어떤 딸로 살았나 생각해 본다. 그럴수록 가득 차는 건 미안함뿐이지만.

죄스러움으로부터 피신할 하나의 여지는, 여태 살아온 인생은 딸로서 살아본 게 전부였기에 그렇다고. 엄마의 삶을 알았더라면 조금 더 엄마를 이해했을 거라고. 그리고 이것은 엄마에게 바라는 마지막 이해의 부탁이라고. 앞일은 모르겠으나 지난날의 나는 딸의 인생이 전부였으니 엄마 마음 십분 헤아리지 못했던들 이해해 주십사 하는 부탁. 내가 못났기도 하거니와, 아직 경험이 없어서 그렇다고. 바라는 게 있다면 32년 만에 낳고 길러주신 은혜 갚겠다며 덤벼드는 나를 두고, 적어

딸의 삶

도 32년 이상의 상환기간은 주었으면 한다. 천천히 오랜 시간에 걸쳐 보상하고 싶으니까.

이 글을 쓰며 왠지 들리는 엄마의 음성은 뭘까.

'우리 큰 딸, 딸로서 충분히 잘하지. 충분해. 엄마는 더 바라는 거 없어.'

나를 위로해 줄 것 같은 엄마 목소리에, 이런 나의 죄책감이 오히려 엄마에겐 속상함으로 남을 것 같은 마음에, 나를 낮추는 일은 그만해야겠다.

번외 – 우리 집 착한 딸

엄마에겐 딸이 둘 있다.

모두 열 달 품어가며 한 배에서 낳은 자식이라기엔, 달라도 너무 다르다. 생김새만 봐도 자매의 모습은 아니다. 하얗고 살집 있는 편인 나와 달리 까무잡잡하고 날씬한 동생을 보고 친구들은 말했다.

"네 동생 맞아?"
"응, 맞아. 내가 좀 동안이지? 내가 동생 같고, 손은영이 언니 같지?"

익숙한 질문에 센스 있게 받아쳤다. 매일 같이 보는 얼굴이지만 내가 봐도 이름 빼곤 우리는 닮은 게 없다. 엄마에게 하는 것만 봐도 우리는 다르다. 우리 집엔 깡패 같은 딸이 하나 있고, 착한 딸이 하나 있다. 딸의 삶이 전부여서 그랬다고, 이해를 부탁한다는 나의 말은 동생 앞에선 철저한 핑계거리가 돼버린다.

엄마한테 깨톡이 왔다. 이번에 딸네 집 가면 백화점 쇼핑 하고 싶단다. 같은 방 하나의 메시지를 보고 우리 둘의 반응은 극과 극이다.

"나 그날 쉬고 싶은데. 난 패스."
"어, 애기야.(동생은 저보다 어림잡아도 서른 살이나 많은 엄마더러 늘 애기라고 한다. 자기 애기라나 뭐라나.)쇼핑 하고 싶어? 하고 싶으면 해야지. 가자가자."

그러고는 기어코 자기 신용카드 챙겨 엄마와 쇼핑 나서는 동생이다. 한참이 지났을까. 문 열리는 소리와 함께 두 모녀는 손에 쥐고 있던 쇼핑백을 거실 바닥에 내려놓았다. 하는 말이 더 달콤하다. 엄마 가지고 싶은 거 다 사주고 싶은데 작은 딸 능력이 이것밖에 안 되서 미안하다고, 다음 달에 월급 들어오면 또 하자고. 그 사이 '꽁칠 거 없나.'하며 하이에나마냥 쇼핑백 뒤적거리는 내가 있을 뿐이다.

엄마가 집에 놀러 오는 날이면(청소해 주러 오는 날이면) 우리 집은 두 모녀의 대화로 깨소금 냄새 진동한다. 의견이랍시고 한 마디라도 끼어들라 치면 언니는 왜 그렇게 말을 해, 언니 생각이 다 옳은 줄 아네, 어쩌네 저쩌네하며 언니이자 큰딸인 나를 몰아가는 형세에, 나는 차라리 함구가 낫겠다며 작은 방으로 들어가 버린다. 각자 있을 땐 우리 든든한 큰 딸, 똑똑한 언니라고 치켜세울 때는 언제고.

조용히 방에 들어가 글을 쓰고 있자니, 배달음식 냄새와 함께 두 사람의 잔 스치는 소리가 귀에 맴돈다. 본래 나는 혼자 있는 시간을 오래 버티지 못한다. 몇 십분 지나지 않아 방문을 빼꼼히 열고 둘의 대화를 들어보니, 또 그때 얘기다.

"엄마는 네가 고등학교 때 수학여행 안가겠다고 한 게 아직도 마음에 걸려."
"아니야 엄마! 그때 내가 안가고 싶어서 안 간 거야. 재미도 없었대."

동생이 고등학생이던 때, 그러니까 엄마 혼자 아빠의 몫까지 해야 했던 때, 우리 집은 여유롭지 못했다. 생을 유지하는데 필요한 가장 기본의 것 이외 지출은 낭비였고, 어쩌면 평생에 단 한 번뿐인 수학여행이 동생에겐 그런 일이었다. 엄마를 위해 포기했다는 게 정확한 이야기이려나. 집안 사정 나보다 잘 알고 있던 동생은 차마 수학여행 보내달라고 말하지 못 했던 것 같았다. 나는 수학여행 겁나 재밌게 다녀왔는데. 가서 장기자랑해서 1등 먹었는데. 그리고는 지나갈 때 마다 전교생 시선 한 몸에 받고 고등학교 3년을 보냈는데. 그 사이 할 말이 없어진 나는, 조용히 방문을 열고 다시 방에 들어가 버렸다.

'우리 동생, 대단한 딸이네.'

엄마를 대하는 모습을 볼 때마다 참 잘 낳은 자식이다 싶었지만, 가끔 상식을 벗어날만큼 소름끼치듯 아름다운 그녀의 딸 노릇이 나를 민망하게 만든다.

슬슬 둘의 대화도 마무리 되었나 보다. 밖이 조용하다. 슬그머니 거실을 둘러보니 엄마와 동생은 나 혼자 사용하는 싱글 매트 위에 나란히 누워 자고 있다. 그 사이 엄마의 코고는 소리가 내 귀를 때린다. "크르릉." 전날 밤 당직 근무하고 딸네 집 오자마자 하루 온종일 청소하고, 쇼핑까지 했으니. 피곤 할만도 하겠구나 싶지만, 한 편 강하게 때리는 코 소리에 그 옆에 곤히 자고 있는 동생이 대견하기까지 하다. 나라면 벌써 깼거나, 진작 다른 방에 가서 잠을 청했을 터다.

무심결에 엄마 핸드폰을 보았다.
하트 하나 없이 '큰딸'로 저장해 버린 나와 달리, 엄마 핸드폰에 보이는 '예쁜 막내딸'이라는 닉네임이 거슬린다. 쟤보다 내가 더 예쁜데 왜 나는 그냥 '큰'이고 쟤는 '예쁜'이라는 수식어까지 붙여 준 걸까. 그러다 동생이 했던 언행이 나를 스친다. 인정하지 않을 수 없겠구나. 엄마 눈에 넣어도 아프지 않을 예쁜 막내딸이 맞구나. 내 딸이지만 뭔가 불편한, 야무지긴 한데 가끔은 너무 똑 부러져서 부담스럽기도 한, 올곧은 소리 한답시고 엄마 편은 하나 들어주지 않는 저 지지배보다, 세상에서 가장 사랑하는 사람은 우리 엄마요, 가장 존경하는 인물은 우리 엄마라는 막내딸이 엄마에겐 최고이겠구나.

참 딸도 딸 나름인가보다.

우리 동생 같은 딸이 하나 있어 내가 더 다행이다.

딸의 삶

Part 3

모녀의 삶

32년째 엄마와 딸

올해로 서른둘을 맞았다.

삼십년하고 두 번째 해를 거치는 동안, 엄마는 오십대가 되었다. 쉰부터 쉰아홉을 에두르는, 십년의 세월을 단 하나의 카테고리로 묶어버릴 '오십대'라는 표현을 쓴 건, 쪽팔리게도 엄마가 오십 언저리 되고부터 엄마 나이를 잊어 버렸기 때문이다. 매년 11월 찾아오는 엄마 생일에 케이크라도 사러 갈 때면 점원 질문에 난감하다.

"초 몇 개 드릴 까요?"
"큰 거 다섯 개랑. 음."
"작은 초 아홉 개 주세요."

작은 초 아홉 개면 모자람에 생기는 불상사는 없을 테니, 아홉 개 모두를 받아 들고 오자는 심보였다. 초만 한 가득 받아들고는 동생에게 슬며시 톡을 보냈다. "엄마 올해 몇 살이지?"

나, 우리 엄마의 자랑스러운 큰 딸 손은경은, 대학입시 때 수학과목에서 딱 1개 틀린 사람이다. 도통 이해할 수 없는 말로 조잘대는 국어가 싫었던 반면, 깔끔하고도 똑 부러지게 떨어지는 수학이 매력적이라 좋아하던 과목 중 하나였는데. 지금은 글을 쓰고 있고, 살아온 해의 수를 지칭하는 내 나이를, 나도 가끔 헷갈린다. 이것이 대입 수학과목 오직 1개 틀린 자의 현실이다. 처음부터 그랬던 건 아니다. 나도 내 나이 꿰고 있었다. 나이가 십 단위도 채 차지 않았을 땐 주변 어른들 시시때때로 "몇 살이니?" 묻는 덕에 나이 잊어버릴 틈 없었다. 가끔 깜빡했을 땐 엄마가 옆에서 알려주기도 했다. "네 살이요, 라고 해야지." 그러다 학교라는 곳에 들어가니 조금 달라졌다. "몇 학년이니?" 학년으로 나를 부르기 시작했다. 개중 호기심 넘치는 어른은 몇 반인지 까지 궁금해 했다.

　졸업 후 사회에 나와 보니, 다시 나이로 나를 판단하기 시작했다. 어릴 때 묻던 그것과 다를 바 없었지만, 이번엔 그 모양이 달라졌다.

　"몇 년생이세요?"
　"빠른 89입니다."

　빠른 떼고 89만 붙이면 88년생 친구들이 오해 할까봐, 89년생 동생들이 맞먹을까봐 잊지 않고 붙여줬다. 문제는 89년생이라는 대답은 올해로 몇 년째 생을 살고 있는지 쉽게 잊도록 만든다는 것이다.

"네. 저는 89년 2월에 태어났습니다."

그게 다였다. 올해로 몇 년차 인생인지, 나조차 잊어갔다. 그리고 그 때부터였다. 엄마 나이를 오십대로 기억하고 있는 것도.

나이를 잊어 간다는 것.
더 이상 인생에 나이가 중요하지 않다는 사실을 알아차렸기 때문 아닐까. 어차피 늙어가는 인생 익어 간다는 사실이 대수 아니겠냐며.
그렇게 엄마와 나는 같이 나이 들어간다. 사람은 태어나고 나이들 일만 만난다지만, 우리 엄마와 나도 그렇다.

서른두 해를 엄마의 딸로 살았다. 서른두 해 정도면 어디 가서 꿀리 는 짬은 아니다. 삼십여 년 간 엄마와 맞춘 합의 퀄리티도 무시할 수 없 다.

"엄마 환갑 기억해 둬라."

미워 죽겠어

아무리 가족이라도, 내 엄마에, 내 딸이라도 이해 안가는 부분이 있기 마련이고, 미울 때도 존재하는 법이다. 차라리 남이라면 두 번 다신 안 보겠노라 등 돌려 버리면 그만이지만, 그럴 수도 없는 게 또 모녀 사이다.

이상하게 엄마 앞이면 예리하다 못해 뾰족한 말만 튀어 나온다. 이건 딸이 아니라 냉철한 감독관이다. 배움의 수준이 높아지고, 앎이 넓어지며, 생각이라는 것이 여물어 갈수록 엄마에게 아쉬운 면만 보여 그랬을까. 내가 커질수록 엄마는 상대적으로 작아져 버렸다. 어릴 때 우리 엄마는 최고였다. 모르는 게 없었다. "엄마 이게 뭐야? 저건?" 쉼 없이 묻는 질문에도 엄마는 대답 한 번 못한 일 없었다. 다만 하나 틀렸던 답이 있는데, 나를 어떻게 낳았냐는 물음에 "다리 밑에서 주워왔지?" 라는 대답이 그것이었다. 이것만 빼곤 엄마 말이 모두 옳았다. 고민에도 걱정 없었다. 지혜의 깊이가 솔로몬 뺨 치고 갈 엄마 말씀 한 마디면 오케이였으니까. 엄마의 위력은 절대적이었고, 인생 통틀어 우리 엄마만큼 현명하고, 지혜로운 여자도 없다고 자부했다. 그랬던 엄마였다.

"엄마, 동영상 그만 보고 책 읽어. 그게 뭐가 그리 재미있다고."
"엄마, 운동 좀 해. 건강 챙겨야지."

책도 읽고 글도 쓰고, 운동도 하는 나와 달리 이 좋은 것 단 하나 하지 않으려 하는 엄마가 탐탁하지 않았다. 그럴수록 핀잔은 늘어갔고, 결국 스스로를 돌보지 않는 엄마에게 화가 나버렸다.

'에라이. 당신 인생 당신이 알아서 사세요. 나는 모르겠고요.'

내 것에 개입하고 싶은 마음은 여기서도 발동한다. 남의 엄마였다면 관심도 없었을 거다. 내 것이라 그랬다. 나의 엄마니까. 내 마음 속 깊이 박혀 있을수록 관여도 깊어지는가 보다. '내 뜻에 따라 주었으면.' 하는 바람과 달리, 꽃 키우고, 개 키우는 재미로 사는 시골 아줌니 다 된 엄마를 보니 공연히 불편해졌다.

이해하려는 마음으로 엄마로 빙의도 해봤다.

'그래. 그동안 엄마 혼자 우리 둘 키우느라 얼마나 치열하게 살았겠어. 이제 즐길 때도 됐지. 내 가치관까지 엄마한테 주입하지 말자. 엄마

행복하다면 그게 짱이다!'

사실 엄마는 그 시절 그대로 현명하고 지혜로운 사람이다. 그 사이 훌쩍 커버린 나만 있을 뿐. 나 키우느라 멈춰버린 엄마의 시간과 달리, 나 하나 생각하며 나를 채우는 시간에 투자한 나만 부쩍 성장해버렸 다. 저 키워낸 엄마 공은 손톱만큼도 생각 못하고 저 혼자 자란 줄 아는 딸이 얼마나 눈에 가시일까. 깨달음도 잠시. 뭣 같은 성격이 성미를 참 지 못하고 불쑥 튀어나왔다.

"엄마, 이건 또 왜 산거야. 자리만 차지하지 사서 뭐해. 돈 아깝게."
"때는 좀 적당히 밀고. 피부 보호하려고 있는 게 각질인데, 그걸 다 제거해 버리면 어떡한대?"

듣다 못한 엄마도 성질이 났는지 언성을 높였다.
"아니, 다 필요해서 내 돈 주고 산 건데 웬 잔소리야! 그리고 때도 밀 고 살아야 피부가 재생이 되지. 너나 때 좀 밀어라!"

되로 주고 말로 받았다. 엄마 피부 걱정한답시고 던진 말에 때도 안 미는 더러운 딸이 되어버렸다.

본인은 이미 충분히 알고 있음에도 남의 입을 통해 다시 듣게 되면, 그것은 잔소리다. 반복해서 하는 말도, 잔소리다. 다름을 인정하지 못하고 내 가치관만 침 튀겨 펼쳐내는 것도, 잔소리다. 좀 컸다고 목소리 높이는 딸에 엄마는 진절머리가 나나 보다.

"딸 똑똑한 건 알겠는데, 너는 너만 잘난 줄 알아. 엄마가 말을 못해서 안하고 있는 지 아냐."

그래도 이해하는 건 엄마뿐이다. 장문의 톡이 왔다. 엄마다.
"(중략) 남보다 더한 딸년 잔소리에 미워 죽겠지만, 그래도 어쩌겠어. 내 딸인걸."

한소리 했던 일이 마음에 걸렸나보다. 엄마에게 했던 말이 내 마음에도 걸린다. 같은 말도 다르게 표현할 수 있었는데, 충분히 예쁘게 전달할 수 있었는데 후회막급이다.
미워 죽겠어도 어쩌겠어. 내 딸인걸. 내 엄마인걸. 우리는 모녀사이인걸.

우리 엄마 맞아?

이번엔 내 차례다.

가끔 '엄마가 나의 엄마가 맞을까.'하는 의심이 생긴다. "엄마 닮았네."라는 소리 못 듣고 자랐어도, 내 반은 엄마로부터 전해진 것이 확실한데 말이다.

2020년. 새해와 함께하는 1월 어느 날. 엄마와 단 둘이 하는 첫 여행이었다.

모처럼 휴가 받아 딸이랑 바다 보러 가고 싶다고, 가서 엄마 좋아하는 회도 먹고 실컷 바다 구경하고 오자는 엄마의 제안이었다. 해외여행과 달리 국내구경엔 영 취미 없는 나는 제안에 뜨뜨미지근 했지만, 이번에도 거절한다면 큰 딸 자격 박탈당할지 모른다는 생각에 그 제안을 수락했다. 그런 나와 달리 엄마는 큰 딸과 단 둘이 하는 첫 여행에 설렜나보다. 최상의 컨디션으로 최고의 여행을 만들어야 한다며 전

날도 일찍 잠에 들었단다. 다음 날 아침. KTX강릉행에 몸을 싣기 위해 우리는 청량리 역사에서 만나기로 했다. 경기도 파주에서 오는 엄마는 경의중앙선 타자마자 톡을 보내왔다.

"엄마 지금 전철 탐. xx시 yy분에 도착 예정. xx시 yy분까지 오셔."

이불 안 실눈으로 확인한 엄마의 메시지에 간단히 "ㅇㅇ"이라 보내고 다시 잠에 들었다. 전날 늦게 잔 탓이었다. 무엇보다 첫 모녀 여행에도 엄마의 포근함만 있을 뿐, 기대감이란 없었나 보다. '엄마가 원하니 다녀와야지, 엄마 기분 맞춰줘야지.'하는 배려심 만으로 나는 충분히 딸 노릇 나쁘지 않다 생각했다. 그렇게 이불 속에서 버티고 버티다 출발까지 40분 앞두고 몸을 일으켰다. 출발부터 40분이라는 시간은 딱 머리감고 양치만 하고 나갈 수 있도록 사전에 세팅된 시간이었다. '남자친구도 아니고 엄마랑 하는 여행인데 꾸밀 필요 있나 뭐.' 퍼드드득, 착착, 빡빡, 후다다닥 준비하고 보니 금새 15분이 흘러 있었다. 당장 나가야했다. 알림 창에는 엄마로부터 메시지가 몇 개 더 와 있었다. 출발했느냐고. 출발과 동시에 "ㅇㅇ. 출발했어." 한 마디 남기고는 쫓기듯 버스에 몸을 실었다.

한국인 빨리빨리는 알아줘야 한다. 예상 도착시간 보다 일찍 도착한 나는 한겨울 추위에 서린 머리로 엄마를 향해 걸어갔는데. 엄마는 나를 보자마자 머리부터 발끝까지 쭈욱 훑었다. 마치 서울에서 부산까지 이고 가야 할 100kg짜리 짐짝 보듯이 말이다.

"꼴이 그게 뭐야!"

오래 훑기엔 짧은 나를 금세 훑고는, 얼굴에 시선 멈춰 한참 노려보다 하는 말. 창피 하단다. 나는 예쁘게 낳아 줬는데 왜 이 모양이냐 부터 시작해 "으휴으휴." 만 남발이다. 꽃단장 하고 온 엄마 옆에 상거지 하나다.

"자기가 낳은 자식인데, 엄마라면 그래야 되는 거 아니야?"

내 새끼 민낯도 예쁘다고 하는 게 엄마 아닌가. 그럼 우리 엄마는 엄마가 아닌가.

"엄마. 나 성형할까?"

성형외과 의사라도 된 냥 한참 얼굴 요목조목 뜯어보더니, 그제야 하는 이야기에 엄마의 통찰이 보였다.

"예쁜 얼굴은 아닌데, 마땅히 고칠 데도 없네. 좀 애매해. 성형까진 안 해도 되겠다. 오히려 하나 고치면 다 고쳐야 할 거 같아."

객관적이다 못해 신랄한 엄마의 대답에 웃음보가 터져버렸다. 의미 없이 던진 질문에 말이라도 "지금도 충분히 예쁜 데 어딜 더 손보려고." 한 마디 해주면 어디가 덧나나 보다. 빚다 만 창조물에 대한 책임 반은 엄마에게 있다며, 손 볼 곳 있다면 진지하게 조언해주려 했던 심사였던 걸 보니. 엄마 말에 한 마디 따지고 싶었지만 그럴 수도 없었다. 나는, 예쁘지는 않지만, 그렇다고 어디 수정하기엔 돈 낭비인, 그런 모호한 얼굴이 맞기 때문이다.

엄마가 자주 했던 말이 떠올랐다.

"우리 큰 딸은 버릴 게 똥뿐이라지."

버릴 건 똥뿐이랄 땐 언제고. 똥 빼고 모조리 쓸모 있다고 해줄 땐
언제고.

고슴도치도 제 자식은 예쁘다던데, 우리 엄마 맞아?

엄마는 언제나 내 편

"나는 되고, 너는 안 돼."

내 새끼 흉보는 건 엄마의 특권이지만, 남이 보내는 손가락질은 참을 수 없나 보다.

나는 나만의 시그니처가 있다. 첫째 고모가 가지고 있던 그것. 아빠가 우리 아빠 맞음을, 내 유전자 반은 아빠로부터 온 것임을 확인시켜 줬던 그것, 바로 왼쪽 목에 있는 점이다. "점 없는 사람은 귀신이래!" 미꾸라지 한 마리가 끌고 온 귀신설로 친구들 본인 몸에 박힌 점 찾기에 바쁠 때, 한 눈에 알아볼 만큼 커다란 점을 가지고 있던 나는 어렵지 않게 인간이 될 수 있었다. 우리나라 지도의 모양을 하고는 왼쪽 목 전반을 뒤덮어 버린 점. 컴퓨터용 사인펜으로 콕 찍어둔 것 같은 보통의 점과 달리 물감으로 채색한 듯 번져버린 한 폭의 점은, 평범함과 멀었던 탓에 반 친구의 먹잇감이 되 버렸다. 뭐. 다른 친구들 놀림은 그냥저냥 넘어 갈만 했다. 문제는 금강산이라는 놈이었다. 이름도 독특해 잊는 것도 쉽지 않은 그놈.

"야! 목 때!"

빤질하게 생긴 얼굴에 스프레이 뿌려가며 한껏 힘 준 머리로 꼭 꽃제비를 떠올리게 하는 놈이 나를 보고 외쳤다.

"야. 하지 말랬다."

정신 못 차린 제비 놈은 나를 볼 때마다 놀려댔다. 그저 놀림이 싫었던 어린 나는, 죄도 없는 목을 가리기 위해 한 여름 땀띠에도 목 티를 입었고, 더위를 참을 수 없던 날이면 목 티 대신 엄마 화장품으로 목을 덕지덕지 칠해줬다. 그런 나의 노력은 자기 알바 아니라는 듯, 금강산은 오늘도 떠들어댔다. 스트레스가 극에 달했을까. 엄마에게 고자질하기에 이르렀다. 이건 어린이 수준에서 해결할 문제가 아니라는 판단이었다. 내 표정이 사뭇 진지해 보였는지 자초지정을 들은 엄마는 다음 날 학교에 찾아왔다. 금 씨와 대면을 위해서였다. "강산아, 친구 놀리면 안 되지. 은경이가 많이 속상해 하더라." 불러 세워놓고 몽둥이라도 들었으면 좋겠다만, 내 자식 귀한만큼 남의 자식 귀한 줄 아는 엄마는 강산이를 타일렀다. "네." 금강산이는 항복했고, 나는 속으로 쾌재를 불렀다.

'고소하다. 역시 우리 엄마 최고다!'

돌아서 엄마와 함께 하는 하굣길에 엄마는 말했다. 네 목에 있는 점은 아주 특별한 의미를 가지고 있다고. 우리 집 석학인 첫째 고모만 있는 점을, 우리 은경이가 물려받은 거라고. 영특하고 똑똑한 사람만 가지고 있는 특별한 상징을. 그리고 혹시 아느냐고. TV 아침마당에 보니 잃어버린 형제 찾는 일에 쓰이는 단서가 그 사람이 가진 신체적 특징이던데, 그걸 보고 다행이다 싶었다고. 설사 우리 은경이를 잃어 버려도 쉽게 찾을 수 있을 거라는 확신에. 그러니 친구 놀림은 너를 좋아해

서 했던 장난쯤으로 받아들이라고. 불과 30분전 까지만 해도 수치스럽다 못해 지우개로 박박 지워버리고 싶던 내 점이, 영특한 나에게 주어진 선물로 변해버렸다. 그렇게 엄마는 내 편이었다.

어디서 무슨 이야기를 들었는지, 요즘 엄마는 이런 말을 하곤 한다.

"이다음에 결혼하고도 남편이 괴롭히면 데리고 와. 혼쭐이 뭐야. 싹싹 빌도록 아주 그냥 혼꾸녕 내줄테니까. 우리 딸은 내가 지켜야지."

의지할 곳 엄마뿐이라며, 주변 아줌마와 딸, 그리고 아줌마의 사위 에피소드를 신랄하게 풀어냈다. 그 집도 엄마가 딸 지키느라 경계 늦출 날 없었구나 싶었다. 시집보낸 딸 지켜줄 건 사위가 아니라 여전히 엄마인가보다. 열변을 토하는 엄마가 귀여워 웃음이 나면서도 어깨엔 힘이 들어갔다.

'그렇구나. 나에겐 엄마가 있구나. 세상 모든 이가 등져도 내 편이 되어줄, 육신을 내어줘서라도 나를 지켜줄 그런 엄마가 나에게도 있구나. 믿고 지지해줄 사람 딱 한 명만 있어도 이 세상 살만하다고 했는데, 우리 엄마가 그런 사람이었구나. 태어난 이후로 나는 단 한 번도 외로웠던 일이 없었구나. 엄마가 있었으니까.'

친구에게 들었던 이야기가 떠올랐다. 노부와 그의 아들의 이야기인데, 아들이 80대의 노인인 본인의 아버지를 구타한다는 것이었다. 그는 말 안 듣는다고 때리고, 일이 뜻대로 풀리지 않는다고 집어 던지고, 자기 성미에 안 맞으면 폭력을 일삼는 폭군이었다. 이 사연을 들은 취재진이 할아버지를 인터뷰 했단다. 경찰서에 신고해야지 왜 맞고만 계시냐고. 할아버지 몸이 성한 데 없어 보이신다고. 이거 폭력이니 같이 경찰서 가시자고. 안타까움에 애원하다 시피 한 취재진의 말과 동시에 곧이어 나오는 할아버지의 대답이 나를 왈칵하게 만들었다.

"우리 아들이 원래 그런 애가 아니야. 나이 마흔이 넘고 오십이 다 되어 겉은 늙었지만, 아직도 내 눈엔 네 살 다섯 살 아장거리던 모습이 선하네. 폭력과 상관없이 천사 같은 미소로 나를 따르던 그때 내 아들 그대로야. 그때 우리 아들은 그러지 않았어. 그런 아이를 어떻게 신고 하겠나."

한 잔해, 한 잔해, 한 잔해!

우리 모녀만 가질 수 있는 유일한 시간이 있다.

나와 엄마를 묶어주는 공통분모라고나 할까. 아님 우리 둘 달래주던 친구가 같았다고나 할까. 술 한 잔의 행복이 바로 그것이다.

"엄마, 안주는 뭐 시킬까?

"오늘은 아귀찜 어때?"

바다에 사는 생물이라면 사족을 못 쓰는 엄마의 초이스는 회 아니면 아귀찜이다. 그런 엄마와 달리 해산물과는 비교적 최근에야 친해진 나는, 아귀찜 대신 피자 어떻겠냐고 제안해 볼까 싶지만 엄마의 선택을 존중하기로 했다. 배달 어플리케이션에 이미 저장되어 있던 단골 식당이 있어 별다른 고민 없이 주문하기를 클릭하고, 우리는 하루 중 가장 설레는 시간을 맞이했다. 배달음식 기다리는 시간! 아저씨 오실 때 까지 멍하니 있자니 기다림의 속도가 배가 될 것 같아, 나는 누워

TV를 보고 엄마는 집안일 뚝딱일 때. 아저씨가 왔다. 늦은 대꾸에 아저씨 도망이라도 갈까 싶어 헐레벌떡 일어났다. 그리곤 문을 열어 받아든 아귀찜의 냄새. 음, 스멜. 자극적인 냄새에 몸이 반응했다. 세팅까지 단 5분도 걸리지 않는 초고속 반응이었다. 후다닥 펼쳐든 아귀찜과 몇 가지 밑반찬, 그리고 빠질 수 없는 게 하나 있지. 어쩌면 이 식탁의 메인은 아귀찜이 아니라 이놈이라고 해도 틀린 말은 아닐 터다.

"냉장고에 있는 소주랑 맥주도 가지고 와!"

그 맛 최상으로 유지하기 위해 모셔둔 소주와 맥주 하나씩 들고는 식탁에 앉았다. 소소하지만 확실한 행복은 이를 두고 하는 말임에 분명했다.

어디서 얻어 온 건지 모르는 카땡 맥주잔 두 컵에 소주 십분의 일을 따른다. 여백의 미를 위해 십분의 일은 비워두고 나머지 팔분의 십을 맥주로 가득 채운다. 배운 사람이라면 소주는 막 따라도 맥주는 벽 타고 조심스레 따라야 한다는 것, 알고 있을 거다. 이쯤 되면 한 모금 축이고 싶은 마음에 안달 나지만, 그래도 첫 잔은 짠하고 마셔야지. 우리 집까지 먼 걸음하며 반찬에, 청소에, 장까지 봐준 엄마에게 수고했다는 말 한 마디하고 싶어 간신히 참고는 짠과 동시에 한 잔 들이켰다. '어디 먹어 볼까.' 아귀찜도 이제야 눈에 들어오기 시작한다.

술 한 잔, 아귀찜 한 입, 또 한 모금, 다시 한 입. 넘어가는 잔의 수와 함께 우리의 대화 주제도 달라진다. 술 한 잔에는 시시콜콜한 일상이 담겨 있었다. 요즘 회사는 어떠니, 다닐 만하니, 사장님은 잘 계신다니, 노동민 선생님은 아직도 장가 안 갔니 등. 아마 엄마 평소에 궁금했던 이야기겠지만 시답잖은 반응 보이는 딸에게 말 못하고 참고 있던 분야였을 게다. 지극히 사소하지만 딸에 관한한 모든 것이 알고 싶은 엄마는, 자질구레한 질문을 퍼부었다. 오늘도 내 대답은 같았다. 회사는 그럭저럭 괜찮고, 아직은 다닐만한 곳이며, 사장님도 무탈 하시고, 노동민 선생님은 여전히 솔로라는 것.

술 두 잔에 주제가 바뀌었다. 묻는 이의 긴장감과 답하는 이의 진솔함이 필요해진 이야기였다. 남자 이야기, 결혼 이야기. 술 두 잔이 엄마에게 주는 용기였나 보다. 엄마 마음 그대로 전하기엔 과한 걱정으로 보일까봐, 혹은 잔소리로 들릴까 싶어 꽁꽁 숨겨둔 말을 그제야 꺼내기 시작했다. 듣는 내가 봐도 엄마가 만든 걱정에 불과했다. 다만 술이 주는 여유로, 말대답 대신 나와 그의 현재, 그리고 내 신념과 입장에 대해 술술 풀어놓았다. 술 마셔서 그런가, 대답도 술술 나오더라. 그제야 안심이 됐던지 엄마는 "그래, 엄마는 딸만 행복하면 되지 뭐. 그것밖에 바랄 것이 없어." 한 마디와 함께 잔을 들어 세웠다.

술 다섯 잔에 사람은 거침없어진다. 판도라의 상자 마냥 열고 싶지 않았던 이야기도 열리게 만드니까. 돌아가신 아빠 이야기, 왈칵 터져 버릴 것 같은 엄마 고생 스토리, 엄마 직장 내 고민. 모든 것이 오픈이다. 술 잔 다섯 번에 우리는 이미 모든 경계를 허물었다. 취기가 오를 데로 오른 우리 모녀는 기억하지도 못할 일들을 서로에게 털어놓기 시작했다. 아니, 어쩌면 기억하지 못할 거라는 안심이 주는 위안 덕분이었다. 엄마 이야기 듣고는 찔끔 반성이 됐는지, 어떤 용기에서 였을지, 나도 모르게 "엄마! 걱정 하지 마. 내가 다 해줄게! 엄마 일 그만두게 하고, 유기견 데려다 키울 마당 만들어 줄게." 라며 큰소리 땅땅 치며 엄마를 위로 했다. 그때, 내가 할 수 있는 건 말뿐이었지만, 단지 그 한 마디를 통한 책임감과 자신감, 그리고 왠지 알 것 같은 엄마가 느낀 자랑스러움, 대견함이 보였다. 기분이다. 한 잔 더 해야겠다!

술 열 잔을 들이 켜고. 노래방 행이다.

“우리 노래방 가자!”

노래하는 것 좋아하는 흥 많은 이 여사님, 노래가 하고 싶으셨나보다. 자는 밤에 목소리 높아진 우리 두 모녀 수다에 방에 있던 동생이 나와 한 마디 했다. 이제 그만 마시라고, 술이 엄마 건강에 얼마나 나쁜지 아느냐고. 술 맛을 모르는 자만 할 수 있던 잔소리였다. 그런 동생을 두고, 엄마와 나는 말했다.

“네가 술맛을 알아?”
엄마랑 함께하는 이 시간이, 그렇게 행복할 수 없다. 내 인생 가장 좋은 술친구, 우리 엄마.
평생 가져가고 싶은 이 순간들을 위해, 엄마가 건강하게 오래오래 내 곁에 있었으면 좋겠다. 오직 나를 위한 바람일지라도.

엄마, 단 두 음절에
눈물 한 바가지

엄마.

격식을 갖추지 않아도 되는 상황에서 어머니를 이르거나 부르는 말. '엄'과 '마'라는 단어 합쳐져 만들어진 단 두 음절, 이 두 음절이 주는 감동에 '엄마' 소리만 들려도 눈물 흘리던 때가 있었다. 아마 엄마로부터 받기만 했던 사랑, 고마움과 미안함이 뒤섞여 만든 감동이었을 터다.

엄마라는 단어는 나뿐만 아니라 누구에게나 그럴 것이다.

초등학교 3학년 때였나. 학년이 높아짐과 동시에 늘어난 수업에 학교에 남아있는 시간이 길어지게 되었다. 당연히 점심은 학교에서 해결해야 했는데, 급식은 고학년 언니 오빠들에게만 제공되었기에 3학년인 우리들은 각자 집에서 도시락을 챙겨 와야 했다. 번번이 도시락 챙겨야 하는 엄마에겐 부담스러운 일이었겠으나, 6명 한 조가 되어 모음

유자 모양을 한 책상에 모여 앉아 있던 조원들에게는 도시락 반찬 배틀과도 같았다. 누구네 엄마 솜씨가 가장 좋나, 누구 반찬이 가장 탐나는가를 가지고 했던 경쟁 말이다. 남의 것 궁금할수록 친구들은 성화했다.

"빨리 도시락 까봐!"

짝꿍이 보챘던 건, 나에겐 도시락 열기 전 치러야 할 의식 비스무리한 것이 있었기 때문이다. 바로 도시락 뚜껑에 살포시 얹어 있는 엄마의 포스트잇 확인하기. 한결 같은 메모에, 엄마 메시지를 확인하는 일은 나에게 점심시간 의식이 되어버렸다. 아니나 다를까. 오늘도 도시락 위 예쁘게 얹어 있는 노란 포스트잇 위 엄마의 글씨가 보인다. 구김하나 없는 메모가 꼭 엄마의 마음 같았다.

"은경아. 오전 수업하느라 고생 많았지? 체하지 않게 꼭 꼭 씹어 먹으렴. 사랑한다."

흘깃 확인한 엄마 쪽지에 마음의 둑은 이미 무너져 내려 눈물샘 터지기 일보 직전이었다가, 쪽지 글 확인하고는 그대로 눈물이 흘렀다. 의지와는 다른 눈물의 행보였다. 예고 없이 저 혼자 흘러내리기 시작했으니까. 친구들 우는 나를 보고 놀리기라도 할까, 애써 정리할게 있는 척 뒤돌아 창문 틈에서 도시락 가방만 만지작거렸다. 눈물 멎을 때

까지 도시락 통 정리도 끝나지 않았다. 눈물이 시야를 가려 노란 포스트잇에 쓰여 있던 엄마의 글씨체만 희미하게 보였지만, 거기서도 엄마 마음을 읽을 수 있었다.

'엄마. 엄-마.'

이제 그만 눈물 멈추고 내 반찬 기다리고 있을 친구들에게 가야 하는 데, 자꾸만 떠오르는 '엄마' 한 단어에 도시락 뚜껑만 열었다, 닫았다만 반복했다. 그랬던 나였다.

후에 알게 된 건, 딸들은 엄마 이야기만 나와도 나와 같아진다는 것이었다.

"우리 엄마 생각만 하면 눈물부터 나와. 그냥 그렇게 돼."

딸이 아빠 생각하는 마음, 아들이 엄마 생각하는 마음과는 미묘하게 다른 무언가가 있나보다.

무심코 돌린 TV 프로그램 한 장면 배경음악으로 가수 라디의 <엄마>라는 노래를 듣게 되었다.

처음 당신을 만났죠. 만나자 마자 울었죠.

기뻐서 그랬는지, 슬퍼서 그랬는지, 기억도 나지 않네요.

드릴 것이 없었기에 그저 받기만 했죠.

그러고도 그땐 고마움을 몰랐죠.

아무것도 모르고 살아 왔네요.

엄마 이름만 불러도 왜 이렇게 가슴이 아프죠.

모든 걸 주고더 주지 못해 아쉬워하는 당신께 난 무엇을 드려야할지.

엄마, 나의 어머니.

왜 이렇게 눈물이 나죠.

가장 소중한 누구보다 아름다운 당신은 나의 나의 어머니.

힘드셨다는 거 이제 알아요. 나 때문에 많이 우셨죠.

그땐 왜 그랬는지, 몇 번이나 그랬는지 기억도 나지 않네요.

모녀의 삶

내 작은 선물을 너무 감동 마세요. 당신은 나에게 세상을 선물 했잖아요.
잘 할게요. 내가 잘 할게요.

처음 당신의 모습은 기억할 수 없지만 마지막 모습은 죽는 날까지 기억하겠죠.
내 모든 맘 다해 사랑합니다.

다시 한 번 내 의지와 상관없이 눈물이 흐르기 시작했다.

모든 걸 주고 더 주지 못해 아쉬워하는 당신께 난 무엇을 드려야 할지. 엄마. 나의 어머니. 사랑하는 우리 엄마. 엄마, 그 자체로 당신은 내게 모든 것을 주었습니다. 당신은 이 세상 무엇과 비교 할 수 없는 감동 그 자체입니다.

엄마를 잊기로 하다

나는 엄마 병에 걸렸다. 증상만으로 알 수 있었다. "엄마"한 마디에 쿵하고 심장이 내려앉았고, 이내 눈물 터졌으니 말이다. 말 그대로 병이다 싶었다. 엄마만 생각하면 아파왔다.

어릴 때는 자주 편지 보내던 딸이었다.

사소한 이유를 꾸며서라도 썼다. 어떻게든 내 마음을 표현하고 싶었으니까. 그저 엄마 생각이 나면 편지지를 집어 들었다. 스토리는 없었다. 다만 얼마나 엄마를 사랑하는지, 엄마가 내 곁에 있어 어찌나 감사한지, 끝으로 평생 내 곁에 있어 달라는 부탁까지 보태 글을 보냈다. 감상에 빠져 중얼거리듯 써내려 간 편지였다. 문제는 펜을 집어든 순간이었다. "사랑하는 엄마에게."라며 딱 한 문장 썼을 뿐인데, 속이 울렁이기 시작했다. 점점 메스꺼워지더니 이를 참지 못하고 눈물이 곧 흘러 내렸다. 결국 펜을 내려놓을 수밖에 없었다. 편지지와 펜 앞에 두고 통곡 했다. 엄마 병 중증이었다. 미안함과 감사함, 그리고 소중함이

뒤엉켜 가슴을 짓눌렀다. 엄마의 사랑, 그 얼마나 갸륵하던지. 통곡에 쓰일 에너지도 다 달았나 보다. 답답한 가슴 한참을 두드리며 울다보니 조금 진정 되었다. 그리고 책상 앞 나를 기다리고 있던 편지지를 내려다 보았다. 이런. 호전 되던 증상이 재발할 것 같았지만 꾹꾹 삼키며 한 자씩 채워갔다.

　병세가 극에 달했던 건 대학교 1학년 여름방학을 마친 후였다.
　학교 특성상 의무 기숙을 해야 했다. 그러니까 학기 중에는 기숙사에서 살아야 하고 오직 방학을 이용해서만 집에서 생활할 수 있었던 것이다. 여름방학도 끝나고 9월을 앞둔 어느 날. 겨울방학 돌아오기 전까지 엄마와 떨어져 살아야 하는 까닭에 학교에 가기 전 엄마에게 편지를 남기기로 했다. 그리고 증상이 나타났다. 심장이 죄여왔다. 엄마를 두고 가는 몇 개월이, 그렇게나 서글펐다. 방학기간에 못해 준 일이 많을수록 더 아파왔다. 집에 있을 때 조금이라도 더 신경 쓸 걸. 엄마와 더 많은 시간을 보냈다면 얼마나 좋았을까. 지난날이 후회 돼, 가슴이 찢어질 듯 아파왔다. 아픈 가슴을 한없이 두드려도 나아지지 않았다.

"엄마, 미안해. 미안해."

같은 말만 되풀이 했다. 나를 더 자극했던 건, 몇 개월간 엄마의 보호로부터 멀어질 나를 위해 바리바리 챙겨둔 짐 때문이었다. '가는구나.' 자나 깨나 자식 생각, 어리나 컸으나 딸내미 걱정. 나를 향한 엄마의 걱정이 언제쯤 줄어들까 싶지만, 대학교 1학년 갓 성인이 된 나에게도 엄마의 사랑은 유효했다. 그렇게 주저앉아 한참을 울었다. 얼마나 울었을까. 외출 나갔던 엄마가 돌아왔다. 우는 나를 보고 놀라서는 "왜 울어?" 하고 물었다. 그런 엄마를 보니 또 한 번 눈물이 왈칵 쏟아졌다.

"엄마, 미안해. 그냥 미안해."

별 울 일도 많다는 듯 대수롭지 않게 반응하는 엄마의 눈가가 붉어졌다. 그러고는 손가락으로 두 눈을 꾹꾹 찍어 눌렀다. 고인 눈물 흘려보내지 않도록 한 행동임에 틀림없었다. 일단 나부터 그쳐야했다. 나에게서 전염된 엄마의 눈물을 보니 울었던 일이 후회스러웠다. 공연히 나 때문에 엄마 속상한 모습을 바라지는 않았으니까.

엄마만 생각하면 아파왔다. 그리고 눈물이 흘렀다. 이 병으로부터
자유로워지고 싶었다.

엄마 생각만 하면 아파지는 나를 보니, 그럼 엄마를 덜 그리면 되겠
구나 싶었다. 그렇게 엄마를 덜 생각하기로 했다.

"엄마. 우리 엄마."

생각만으로 먹먹한 그 이름. 애잔하고, 미안하고, 고맙고, 소중한 나
의님이던 엄마를, 가볍게 바라보기로 했다.

"엄마 인생 엄마가 행복하면 그만이지. 어련히 행복할까."

그러고 보니 행복한 엄마 앞에서 궁상떠는 딸만 존재했다. 엄마는
이런 말을 하곤 했다. "너는 혼자 앞서나가서 문제야." 이번엔 앞서지
말고 옆에서 바라봐 줘야지. 옆에서 바라본 엄마는 엄마 인생 그 자체
로 충분히 행복했다. 내 걱정 없이도, 눈물 없이도 이미 엄마 인생 잘
살아내고 있었다. 그 후로 한결 마음이 편해졌다. 동시에 엄마라는 단
어에 왈칵 하는 감정도 이내 잦아졌다. "그래, 엄마 이미 행복한데 뭐."
엄마라는 말을 들어도 마음은 평온하게 유지되었다.

엄마라는 존재는 그 자체로 여전히 숭고하지만, 지금의 나에게 있어 먹먹함을 안겨주는 대상은 아니다.

너무 무뎌지기로 한 걸까. 나으려던 나의 노력에 역효과가 발생하고 있다. 엄마 둔감증. 무심한 딸이 되어간다. 너무 아파서, 아파 죽을 거 같아 그랬는데, 이제는 엄마가 서운해 한다. 딸자식 키워야 소용없다고. 차라리 앞서 나가던 딸이 그립나보다.

그래도 사랑해

모녀의 삶이 그렇다.

가족이라는 성이 우리를 견고히 지키고 있어도, 제 아무리 엄마라도 딸을 이해하기 어려울 때가 있고, 딸도 엄마가 미울 때도 있는 법이다. 키를 훌쩍 넘는 성벽에 쥐새끼 한 마리 침범이 불가해 보이는 성 안도, 실상은 소란스럽기 마련이다. 어쩌면 가족이기에 더 소란스러운 걸지 모르겠다. 내 것이 내 마음에 꼭 드는 삶을 살아 주길 바라는 이유일거다.

엄마를 이해할 수 없던 때가 있었다. 엄마가 날 이해하지 못할 때. 그때가 그랬다.

'왜 이해 못하는 거야. 답답해.'

전적으로 믿음으로 대하던 엄마와 부딪칠 일은 사실 거의 없었다.

단 한 두 번 정도의 충돌이었는데, 그 한 두 번을 나는 격하게 이해할 수 없었다.

애써 본들 소용없는 짓이었다. 포용력이 만두와 같아 어떤 재료 섞어 넣어도 맛이 나는 것처럼 우리 엄마 또한 "그래, 네 뜻대로 하렴." "아무렴. 우리 딸이 알아서 잘 하겠지."하는 이해심으로 나를 대했지만, 이번엔 포용의 범위를 넘어 섰구나 싶었다. 우리가 함께 하지 못한 엄마의 젊은 날 26년이라는 세월, 그러니까 세대차이, 친구 같은 엄마라지만 어쩔 수 없는 부모 입장이라는 게 있나보다. 그런가 보다. 강 건너 불구경과 같은 일이었다. 나는 그런 일 감안할 틈 없이 나를 이해 못하는 엄마에게 화가 났다. 다른 의견을 듣고 싶어 했던 이야기가 아니었다. 어쩌면 통보였을지 모르는 내 이야기를 엄마가 받아주길 바라며 했을 뿐이었다. 욕심이 있다면 엄마의 응원까지 바랐을 터다. 예상과 다른 반응에 엄마로부터 이질감이 생겨버렸다. 나와 같은 결을 하고 있다 생각했던 엄마였는데.

'우리 가족이라며. 엄마는 내 편이라며. 무엇보다 난 엄마 딸이잖아!'

단지 이런 까닭으로 옹호해 주었으면 했던 나의 바람이 불충분했나 보다. 설득의 과정이 필요했다. 평소 내 생각, 입장, 그리고 내린 결론에 대해 말했다. 이번엔 나와 같아주길 바라며. 엄마는 슬며시 이해의

문을 연 듯 했으나 그 뿐이었다. 더는 열리지 않는 문에, 두드리는 것을 멈추었다. 엄마와 대화 섞기를 거부했다. 옹졸한 딸이었다.

"딸, 밥 먹어야지."

아무 일 없던 것처럼 천연덕스러운 말투로 나를 부르는 우리 엄마. 다섯 발자국 튀어 나온 주둥이로 "됐어. 안 먹어." 한 마디 외치고는 방문 쾅 닫고 들어가 버렸다. 단단히 삐쳐있었으니까. 그리고 알아주 길 바랐다. 엄마 딸 얼마나 심통이 났는지, 서러운지, 아픈지. 약았던 나는, 내가 아플수록 엄마 마음 쉽게 무너진다는 사실을 알았기 때문 이다.

'좀 과했나. 이정도로 삐친 건 아니었는데.'

열려있던 창문으로 의도했던 것보다 5배나 세게 닫혀버린 문소리에 혼자 뜨끔했다. 내가 그런 거 아니라고, 열려 있던 창문이 잘못한 거라 말하고 싶었지만 그럴 수도 없었다. 엄마한테 나는 잔뜩 삐쳐있는 사람이어야 했기 때문이다. 그렇게 혼자 방에 있던 그 시간. 엄마 말소리가 귀에 맴 돌았다. 본인도 유쾌하지만은 않았을 텐데, 핏대 세워가며 아득바득 우겨대는 딸을 보고도 저렇게 따뜻한 목소리로 대하다니. 심지어 밥까지 챙겨주다니. 밥 먹으라는 엄마 말은 본인이 받은 상처는 아무것도 아니라는 듯, 딸 마음 더 신경 쓰이지만 당장은 이해할 수 없는 탓에 엄마에게 시간을 달라는 말과 같았다. 엄마도 너를 이해하고 싶다고.

해에게 졌다.

해와 바람 이야기가 있다. 길 가던 나그네의 외투를 누가 더 빨리 벗기느냐 하는 해와 바람의 내기에 관한 이야기다. 거센 바람과 따사로운 햇살의 경합. 거센 바람은 온 힘 다해 후-후- 불어댔으나 오히려 나그네는 옷깃을 여밀 뿐이었다. 그러나 해님은 달랐다. 해님만의 따사로움으로 나그네를 따스히 비추자 드디어 외투를 벗어 던진 것이다. "해님에게 내가졌소." 나그네는 외투를 벗었고, 나는 방문을 열었다. 엄마햇살이 나를 녹였다.

모녀의 삶

"엄마 내가 좀 심했지. 미안해."

밥이나 먹으라는 엄마. 금세 또 우리다.

이것이 엄마와 딸 인가보다.
엄마하면 제일 먼저 떠오르는 수식어, "사랑하는" 우리 엄마.
그래도 사랑해.
그냥 사랑해.
우리 엄마니까.

Part 4

서로를
알아가다

엄마 이런 거 좋아했어?

다수가 반기는 나의 모습이 있다.

"너 이거 안 먹지? 내가 먹는다?"

야들야들 기름진 그 맛에 먹는다는 닭다리와 닭 날개가 내 입엔 여간 별로다. 누구는 퍽퍽해서 싫다는, 거 뭔 맛으로 먹느냐는 닭 가슴살이 나는 좋더라. 대중적 식성은 아니다. 어려서부터 기름진 것, 그래서 느끼한 것, 게다가 야리 꾸리 한 식감을 가지고 있는 음식은 죄다 싫어했다. 없어 못 먹는다는 고기, 고기 으깨 뭉친 동그랑땡, 씹고 씹어도 질겅거리는 회, 보기만 해도 미끄덩거리는 낙지는 절대 양보했다. 대신 버려지는 퍽퍽 살은 내 차지였다. 이 담백하고 깔끔한 부위를 왜 다들 피하는 건지. 목에 막혀있던 퍽 살을 맥주로 간간히 뚫어줘야 했지만, 닭 가슴살은 사랑이다.

나에게 닭 가슴살은 그런 존재다. 한 조각이라도 더 먹고 싶어 누구와도 나누고 싶지 않은, 아껴두다 나중에 꺼내먹고 싶은 최애 부위. 엄마, 동생과 치킨을 시켰다. 도착한 치킨 박스를 두고 세 식구 둘러 앉아 부위 선정에 고심하고 있었다. 당연히 내 원픽은 퍽 살이지. 튀김 껍데기 덮고 있어 그 속이 허벅살인지, 가슴살인지 알 수 없다는 다른 사람과 달리, 수년간 단련된 감별사인 나는 한 눈에 가슴살을 집어 들었다. 언제 봐도 가장 포동포동하고 뽀얀 저것. 새어 나오는 침을 꿀꺽 삼키고는 한 입 잡수려는데, 엄마 손에 들려 있던 닭 날개가 시야에 들어왔다.

"엄마, 왜 닭 날개 먹어. 우리한테 양보하려고 그래? 여기 닭 가슴살 또 있어. 이거 먹어."
"아니야. 엄마는 닭은 날개랑 다리가 맛있어."

세상에나. 엄마 연기에 깜빡 속았다. 미안해하지 말고 딸 맛있는 부위 먹으라고 한 거짓말에 말이다. 자장면 달랑 한 그릇 앞에 두고 "엄마 배불러. 너 많이 먹어."하는 말과 무엇이 다르다는 건지. 아무개네 엄마는 어두육미라는 사자성어까지 써가며 생선은 대가리 맛으로 먹는 거라고, 맛 떨어지는 몸통 자식은 네가 먹으라던데. 갸륵하신 어머니의 사랑 같으니라고. 오오통재로다.

"거짓말 하지 마. 그게 뭐가 맛있어! 날개 내려두고 이거 먹어 얼른.”

아니라고, 윙이 좋다며 가슴살 권하는 나를 한사코 말리는 데, 입맛
이 뚝 떨어졌다. 또래에 비해 비교적 철이 빨리 들었던 나는, 이건 분명
엄마가 우리를 위해 양보한 일이라 확신했다. 자식 맛있는 거 먹이느
라 본인 선호마저 포기를 했구나. 너 먹으라며 한 마디 하고 날개 한 입
하는 엄마를 보는 내 마음이 다 뭉클했다.

오랜만에 치킨을 주문했다.
사실 치킨은 일상이었으나, 그때와 달라진 게 하나 있다면 제 밥벌
이는 하는 직장인이 된 나였다. 한 마리, 두 마리, 열 마리고 시켜줄 능
력은 된다는 거다.

이번에도 엄마는 닭 날개를 집어 들었다.
“엄마, 이거 먹어. 그거 먹지 말고.”

내 손에 들려 있던 퍽퍽 살을 건네주려던 순간, 엄마는 말했다. 닭
가슴살 무슨 맛으로 먹느냐고. 닭은 날개랑 다리 아니냐고. 너 참 식성
하나 독특하다고.

“그런 거였어? 닭 날개랑 다리가 진짜 맛있어서 그랬던 거야?”

당연한 말을 가지고 입 아프게 뭘 묻느냐는 엄마에, 순간 멍해졌다. 엄마의 배려인 줄 알았다. 내가 좋아하는 일이니, 두말 할 것 없이 엄마도 좋아하지 않겠냐고. 한정된 공급대비 늘어난 수요를 본인 입 덜어서라도 양보하겠다고. '내 방식으로 엄마를 이해했던 나였구나.' 철저히 내 관점에서 바라봤다는 사실을 알고 나니, 이보다 이기적일 수 없었다.

　　그러고 보니, 닭 가슴살 집어 들 때 마다 눈살 찌푸리던 친구들 얼굴이 떠올랐다. 엄마는 닭의 맛을 아는 사람이었다. 친구들 말했던 것처럼, 닭의 맛은 날개와 다리에 있음을 아는 지식인이었다.

　　엄마를 새로 알아간다.
　　부쩍 피부가 땅긴다며 농축에, 농축에, 농축을 거듭한, 그러니까 가격도 농축된 수분크림 정도는 발라야 살 것 같단다. 우연히 백화점 1층 화장품 매장에서 본 그 브랜드, 우리 엄마 이거 쓰던데 하나 사줄까 싶어 들춰본 가격에 흠칫 놀라서는 다음에 오겠다며 뒷걸음 쳐 도망가게 만든 그 것. '우리 엄마 이런 화장품도 쓸 줄 아는구나.' 지금도 수분크림 제외한 나머지 기초는 샘플 받아쓰는 엄마지만, 작은 사치도 부릴 줄 아는 엄마도 있었다.

　　그건 그렇고.

"딸, 나 이거 주라."

"또 뭘 가지고 가려고!"

이렇게 젊은 취향인지도 몰랐다. 내가 가진 물건 중 탐나는 게 많은
지 올 때 마다 하나 둘 물어간다. 이러다 살림 거덜 나겠어. 내가 모르
는 우리 엄마가 너무도 많아.

앞뒤가 다른 나

엄마에게 나는 제법 똑똑한 딸이다.

"큰 딸은 완전 똑 소리 나지. 너는 어릴 때부터 그랬어. 시키지 않아도 찾아서 공부하고, 파리채로 동생 교육도 시키고, 항상 엄마 걱정해 주고. 그뿐인가. 노래도 잘하고, 춤도 잘 추고. 하여간 엄마 신경 쓰게 만든 일 없었지."

엄마가 바라보는 내가 그래서 일까.

주변인에게 보여 지는 나와 사뭇 다른 모습이 엄마 앞에만 드러날 때가 있다. 남들 모르는 일면의 나 일터다. 김수현 주연 영화'은밀하게 위대하게'의 주인공 봉구. 그게 나다. 공화국에선 혁명전사지만 남한에선 간첩. 들개로 태어나 괴물로 길러진 남파임무는 어이없지만 동네 바보라는. 그래. 봉구와 달리 나는 밖에서 바보는 아니지만, 안에서 혁명전사임에는 부인할 수 없다.

'고조 우리 가정은 내래 통치 하갓서.'

엄마는 깡패라고 했다. 동생은 돌아가신 아빠까지 상기시켜 줬다.
언니 아빠 같다고. 남한테 잘하고 가족한테는 잘 못하는 모습이 꼭 그
렇다고. 이런 나를 두고 엄마와 동생은 나를 질겅질겅 씹어댔다. 뒤에
서 씹히는 일에 눈치 못 챌 만도 하지만, 티가 나 방법 없이 알아 버렸
다. 그러나 아무 말도 할 수 없었다. 내가 봐도 내가 재수 없는 걸. 분수
파악도 잘하는 것이, 나 영특하긴 한가보다.

한 가지 소(疏)할 게 있다면, 나에게 부여된 역할 때문이었다. 첫째,
맏이라는 것 말이다. 처음 태어났다는 사실은 무언의 압박으로 작용한
다. 받는 특혜는 남달랐다. 입던 옷 물려받을 일 없이 물려 줄 일만 있
었고, 자식은 처음이라 알길 없던 양육에 신중히 다루어졌으며, 아줌
마들 꼭 내 이름 따 "은경엄마"라고 불렀으니까. 다만 그만큼 따라야
할 의무도 만만치 않았다. 어려서부터 엄마는 그랬다.

"우리 든든한 큰 딸. 첫째가 딸이라 참 다행이야."
"언니인 네가 잘해야 동생이 보고 배우지."

듬직한 딸이 되어야 했고, 동생의 본보기가 되기 위해 양보라는 걸
해야 했다. 항변 아닌 항변을 하자면 그렇다는 거다. 잘하고 있다 생각

했는데. 선을 넘어 버렸나보다.

"누가 몰라서 그러냐."엄마의 말에도 감정의 고려 따위 없이 또박또박, 구구절절 옳은 말만 늘어놓고는 뒤돌아섰다. 말에 따뜻함 따위 없었다. 누구 작가님 언어에도 온도가 있다던데. 정말 싫은 나는 여기서부터다. 지나간 과거, 되돌릴 수 없는 일에 후회하지 말라고. 현재에 살자고, 앞으로 더 잘하면 되는 것 아니겠냐는 마음 속 다짐이 와르르 무너져 내렸다. 후회가 밀려왔다. "내가 맞고, 엄마가 그르다."라며 박박 우겨댈 땐 언제고, 뒤돌아 후회하는 나만 남아 있었다. 후회할거면 진작 잘하지. 언어에 온기를 불어넣지. 오래 지나지 않아 후회는 죄스러움으로 변했고, 용서를 구하지 않고 더는 버틸 수가 없어 핸드폰을 집어 들었다.

읽기도 싫다는 장문의 톡을 보냈다. 순전히 내 마음 편하자고 한 짓이었다.

"엄마 그때는 미안해. 내가 잘못했어. 사랑해용."
"으휴. 딸은 그게 문제야. 앞에서는 자기 생각 거치지 않고 말하고는 뒤에 가서 후회하고. 아무리 가족이라도 엄마도 상처 받아."

알겠다고, 다음부턴 조심하겠다며 지키지도 못할 약속으로 너스레 떨고는. 한 달도 지나지 않아, 엄마에게 다시 장문의 톡을 보낼 수밖에 없었다.

고맙습니다.

사람들 나더러 인복 많다 하더니, 가장 큰 복은 좋은 엄마 만난 거였습니다.

엄마 잘 만나

하고 싶은 거 못한 적 없었고,

하기 싫은 일 해본 적 없었습니다.

내 행복이 곧 엄마 행복이라는 굳은 믿음으로 내 생각만하고 행동해버린 탓에, 때론 엄마 미간에 주름 접어 드리기도 했습니다.

이번에도 내 행복 위해 택한 일이니 엄마 또한 행복해 할 거라 생각했지만, 그게 아니었나 봅니다.

나 때문에 마음 고생한 걸 보니.

글이 주는 힘이 그런가 보다. 내가 쓰고 내가 울었다. 미친 감동이라며.

눈물 흘리고 있으니 엄마에게 답장이 왔다. 이번엔 진짜 화났나 보다. 장문의 톡으로 본인의 화를 대신했다.

전화번호 앞뒤가 똑같아 외우기 쉽다며. 나도 앞과 뒤가 같아 예측 가능성이 높은 딸이었으면 좋으련만. 여간 쉽지 않은 일이다.

나이 듦에 관하여

Young forever!

젊음이여 영원 하라!

젊음이 주는 싱그러움 그게 뭔지. 놓치고 싶지 않았던 까닭에 "너는 안 늙는 줄 아니? 너도 늙어."라는 동기의 말에 세차게 받아치던 나였다.

"난 안 늙을 건데? 계속 젊을 건데?"

세월 거스를 도리는 없다고, 살아갈 날 중 오늘이 가장 젊은 날이라는 이야기를 그렇게 듣기 싫었다. 왜냐? 난 안 늙을 거니까. 그런 내 의지는 깡그리 무시한 채 자연의 섭리를 따르고 받아들이라는 말에 성질이 났다. 영원히 젊을 거라는데 왜 자꾸 늙을 거래. 그리고 왜 그게 맞는 말이래.

나의 장담은 엄마의 젊은 날로부터 왔다.

엄마는 소나무 같았다. 삼시세끼 변함없었으니까. 삼십대 시절 얼굴과 몸매부터 사십대의 모습까지. 이십년 세월 동안 크게 체중이 늘어나거나 줄어들지도, 헤어스타일 확연히 변하지도, 얼굴에 있던 주름의 크기 모두 그대로였다. 여전히 예쁜 아줌마였다.

그랬다. 그랬는데.

하늘의 명을 알게 된 엄마 나이 오십이 되고, 보이지 않던 모습을 보게 되었다. 나이 사십 넘도록 흰 머리 하나 없다며 자부하던 엄마에게 반짝하는 한 가닥 빛이 보였다.

"엄마 머리에 흰 머리 난 거 같은데?"
"그럴 리가! 엄마 흰 머리 없어. 다시 봐봐."

들이미는 머리 사이 까만 머리를 헤집고 나온 유독 반짝이는 머리카락 하나. 저 혼자 튀는 결에 어렵지 않게 찾을 수 있었고, 내 말을 증명하기 위해 엄지 검지 힘주어 흰 머리를 뽑았다.

"내 말이 맞지?"

드디어 본인에게도 나이 듦의 상징 하나씩 자리 잡아감을 깨달아 속상해 할 엄마 생각은 쥐똥만큼도 없었다. 내가 옳았음만 내보이기 위해 엄마 손바닥에 툭 하고 떨어뜨렸다.

'으하하. 내가 옳았다. 내가 잘못 본 게 아니었다.'

묘한 쾌감으로 으쓱대던 나는, 맞은편에 있던 엄마 표정이 심상치 않음을 느꼈다. 엄마는 손바닥에 놓인 흰 머리카락 하나를 유심히 쳐다봤다. "그럴 리 없는데." 본인 눈으로 확인하고도 입으론 받아들이지 못했다. 많은 생각이 오갔을 터다. 이제 시작인건가부터 염색을 해야 하나까지. 다행이 오래가지는 않았다. 애써 부정하듯 두 손으로 머리카락 털어내고는 다시 원래의 화제로 돌아왔다. 그러다 한 마디 물었다.

"아직 하나밖에 안보이지?"

갑자기 튀어나온 흰 머리 한 가락에 마음이 소란스럽나보다. 그제야 아차 싶었다. 엄마 마음에 공감을 했기 때문이다. 백이면 백 새카만 머리카락을 하고 있는 내가 공감할 수 있었던 건 바퀴벌레 덕분이었을 거다. 어쩌다 바퀴벌레 한 마리 눈에 띄면 그건 이미 수천마리가 나와 동거하고 있음을 말하는 거라며 쥐 잡듯 온 집안 설쳐댔던 나였기 때문이다. 또 그렇다. 숫자 0과 1은 엄연히 다르다는 사실을 나는 알고 있었다. 0에 10,000을 곱한들 0일 뿐이다. 그보다 곱절은 더한 수를 곱한다 해도 0은 0일 뿐이다. 반면 1을 곱한다면 그건 10,000의 가치를 지니게 된다. 0과는 10,000의 차이가 존재한다는 거다. 그렇게 하나에 부여된 의미가 진정 단 하나만을 의미하지 않음을 알고 있는 우리 모녀였다.

엄마가 변했다.

늘 알던 모습에서 더는 내가 보던 엄마 얼굴이 보이지 않을 때. 변하지 않을 거라는 강한 믿음에 대한 배신과 함께 나는 충격을 받았다. 호르몬의 힘은 무서웠다. 생물학적으로 더 이상 엄마가 될 수 없게 되어 억울한 엄마를 늙어 버리게 만들다니.

서로를 알아가다

"우리 엄마, 이제 제법 늙은 티 나네."

엄마에 관해 책을 쓰기로 마음먹었다. 엄마의 나이 듦이 나에게 선사하는 바. 엄마와 보낼 시간이 상대적으로 많이 줄었구나하는 아쉬움과 사무침. '우리 엄마 익어가는 줄도 몰랐던 무심한 딸이었구나.'하는 생각에 엄마의 존재에 관해 다시 파묻고 싶어졌다.

엄마도 내심 생각할지 모른다. '우리 딸 제법 나이 들었구나. 어렸을 때 그 모습이 하나 보이지를 않네.'하고. 늙지 않을 거라 발버둥 치던 나도 조용히 나이 들어간다. 엄마와 같이.

엄마의 사랑법

예전엔 미처 몰랐다. 엄마가 나를 사랑하는 방법의 하나인줄. "딸, 사랑해."라거나 "요새 뭐 먹고 싶니? 엄마가 해줄게."라는 표현 없었기에, 딸 된 년으로써 알 길 없던 나였다.

'나는 이해되지 않지만, 그래도 시도해 볼게. 그리고 노력해 볼게. 그것이 너를 위한 일이라면.'

딸을 이해하려는 노력. 그것이 그랬다. 엄마가 보여준 또 하나의 사랑 방식이다.

우리 사이 놓인 엄마와 딸이라는 관계, 그리고 그 사이를 채우고 있는 26년의 시간 갭, 나보다 26년을 먼저, 더 많이 살아 본 사람으로서, 같은 세상 다른 세계에서 살아가고 있는 어른으로서 딸을 이해한다는 것은 엄마에게도 노력이 필요했던 일 있었나 보다. 대부분은 나를 믿고 내 선택을 지켜준 엄마일지라도 이번만큼은 엄마 의견이 앞서던 때가 있었다.

처음엔 엄마 세계가 맞는다고 했다.

"딸, 이건 좀 아니지 않니."

그리곤 어른 시선의 내가 틀렸다고 했다. 아직 어려서 잘 모르는 거
라고, 잘 생각해 보라며 앞서나간 세월만큼 먼저 겪었던 풍파로 내가
걱정스러웠던 듯 했다. 물론 엄마의 염려 대부분은 나를 위한 거였다.
본인 마음 편하자고 펼친 주장도 일부 있었겠지만, 딸이 아프지 않기
를 바라는 마음에 한 말이었을 거다. 어쨌든 철저히 엄마의 시선, 그리
고 어른 시선에서 나를 굽히려 했다. 그러나 어림없는 소리였다. 엄마
의 입장문을 주~욱 듣고도 빳빳이 쳐든 목에 굽힘 없는 신념으로 맞서
는 나를 보더니, 엄마는 말을 잃었다. 신념이라는 게 그랬다. 애초에 흔
들릴 일이었다면 신념일 턱없었다. 무엇보다 굳건히 지켜낼 수 있었던
데에는 엄마가 져줄 거라는 사실을 알고 있었기 때문이기도 했다.

"자식 이기는 부모 없대."
"오호. 그래?"

이토록 솔깃한 이야기는 없었다. 그리고 새겼다. 부모는 자식에게
지는 구나. 그럼 자식 된 나는 늘 이길 수 있겠구나. 이토록 약았던 나

는, 그 한 마디 믿고 세차게 밀고 나갔다. 그저 때만 기다렸다. 엄마가 굽혀줄 때를. 이 협상의 승자는 어차피 나 일 테니까, 엄마에게 시간을 주자는 심사였다. 그리고 그렇게 되었다. 엄마는 조금씩 빗장을 풀더니, 결국 전부를 열어 버렸다. 엄마 때문에 마음 고생하지 말고, 네 뜻과 같이 하란다. 엄마로 인해 아파 할 너를 보는 일로 엄마는 더 힘들다고. 네 삶이고, 그것이 네 행복이라니, 그렇다면 너의 뜻대로 살라고. 누구 말대로 뱃속에 나온 순간부터 이미 내 것이 아니라는 말이 맞는 것 같다며, 또 한 번의 해탈을 한 엄마였다. 정말 내가 이겼다! 그런데 이 기분은 뭐지. 엄마 말 다 듣고 난 뒤, 예상치 못한 감정에 혼란이 왔다. 이거 분명 통쾌해야 하는데, 달달하고도 시원해야 하는데, 어쩐지 쌉쌀한 건 뭐지. 이겼다는 통쾌함 보다 져 준 엄마에 대한 미안함이 느껴진 순간, 그랬다. 엄마는 나한테 져 준거였다. 싸움은 지는 게 이기는 거라는 말. 그동안 엄마를 설득시키기 위해 펼쳤던 내 연설, 구부러지지 않았던 강철 신념, 엄마 말 들어주려 하기는커녕 피하려고만 했던 나, 그랬던 나를 생각하니 어찌나 죄스럽던지.

　돌이켜 보니 정말이었다. 엄마는 나한테 전부를 져주었다. 나 하고 싶은 일 못하고 산 적 없었고, 하기 싫은 것 해본 일 없었으니까. 철저히 내 가치와 신념에 따라 살 수 있었던 건, 엄마의 양보 덕이었다. 자식 이기는 부모는 없구나.

　알 것만 같았다.

엄마 나를 이해하려는 노력, 딸을 사랑했기에 가능했다는 걸. 본인을 어르고 달래가며 나를 이해하려 했다고.

'나 같은 딸을 기르는 기분이 어떨까. 매번 수양의 기분과 같지 않을까. 동생, 언니 뜻 거슬러 나에게 대드는 모습만 봐도 발끝까지 고여 있던 피가 거꾸로 솟아오르던데. 엄마는 어떻게 견뎌낸 걸까. 그러고 보니 어릴 때 기억은 엄마는 자주 불경을 틀어놓던 걸로 기억하는데, 그때 그 테이프를 나 때문에 구매했던 건가. 부모가 된다는 것은 마음공부의 시작이라고, 나로 인해 화를 눌러야 할 때마다 엄마는 염주를 돌렸던 건가.'

방마다 하나씩 보였던 그 염주가 왜 이렇게 신경에 거슬리던지.

'어쩌면 반 포기인가. 네 맘대로 살라고, 더는 내 딸 아니라는 심사로 나를 내치는 건가.'

마음에 찔림은 별의별 공상을 만들어 냈다.

에휴. 그나저나 어쩌나. 표현 없이 가슴으로 주는 엄마 사랑법, 쉬이 눈에 띄지 않으니 그때 마다 나 모르고 넘어가려나. 엄마가 되기 전엔 엄마의 전부를 알 길 없는 딸이다.

사실은 말이지

철이 들어감을 실감하는 순간.

거치는 말 없었다가 숨기는 말이 생겨났다. 빤히 보이는 엄마의 걱정에, 그리고 속상함에 입을 닫는 것이 낫겠다는 판단이었다. 공연히 엄마까지 알게 됨으로써 마음고생 시키고 싶지 않았으니까.

수험공부 하려 할 때 일이다.
잘 다니던 회사를 때려 치고 전업 수험생(수험생을 업으로 삼는 일. 보통 직장에 나가는 대신 고시 준비만 몰두 하는 학생들을 이렇게 부르곤 한다.)이 되겠다고 마음먹었던 그때. 사실 그때도 통보였다.

"엄마. 나 회사 때려 치고 공부할라고. 하고 싶은 공부가 생겼어. 더 잘 될 거야. 돈 더 많이 벌고, 더 성공할 거야!"
"그래. 우리 딸 어련히 잘 판단했겠지. 고생이겠구나."

우리 엄마 반응은 대부분 이렇다. 큰 딸 한다고 하는 일 대부분에 말림이 없었다. "확실하니?" 라며 되묻는 대신, "그래. 열심히 해봐."라는 대답을 해오는 사람. 온전히 나를 믿어준 덕이었다. 그때 나이 28살. 그렇게 엄마의 지지까지 받으며 회사에 나가 돈 버는 대신 미래를 위해 벌어 둔 돈 까먹으며 독서실 출퇴근을 반복하던 시절. 고등학교 3학년 제대로 치열하게 살아 본 탓에 고시 생활도 자신만만했는데. 나라면 무엇이든 다 해낼 거라는 확신에 사직서를 던진 거였는데, 생각보다 수험 생활은 힘들고 지쳐갔다.

"요새 공부 잘 되가니? 밥은 잘 먹고? 잘 챙겨 먹어야지."
"어. 엄마. 공부 잘 되가."

하루 10시간 넘는 시간 매일 같이 독서실에 처 박혀 있던 탓에 몸에 곰팡이 피던 날. 체력적으로 지쳐가던 날. 공부는 체력임을 그제야 깨달았던 순간. 이렇게 힘든 건 줄 알았으면, 조금 더 고민해 볼 걸 그랬나 싶던 회의감마저 쌓이던 그때. 엄마의 질문에 나는 거짓으로 대답했다. 몸이 종이짝 같아져 닳을 만큼 닳아 버렸고, 생기란 없었다. 그저 일어나서 독서실로 향했고, 밤이 되어 집으로 향하기를 반복했다. 몸과 마음 모두가 너덜너덜해졌다. 그때의 영광으로 지금도 달고 있는 허리 통증. 더불어 찾아온 목 디스크. 내 동생 표현을 빌리자면 그 당시 나는 좀비와 같았다. 노랗게 뜬 얼굴을 하고 있는 좀비.

"괜찮아. 아픈 데 없어."

괜찮다는 말은 괜찮지 않다는 말이라고. 그래, 괜찮지 않았다. 솔직히 말하고 엄마에게 징징대고 싶었지만, 철이란 게 들어버린 나는 그럴수도 없었다. 거짓말은 나쁜 거라고 했지만 모르는 게 약이라면 약 처방이 낫겠다 싶었다. 솔직하게 말했다면 당사자인 나보다 10배는 더 걱정했을 거니까. 나아질 것 같던 몸은 나아지질 않고, 마음의 병으로 번지려 할 때쯤, 동생에게만 말했던 나의 문제를 엄마에게 말해 버렸다.

"엄마, 있잖아."

내 이야기 듣고는 어디가 어떻게 얼마나 아프냐고 묻는 엄마였다. 역시 엄마네.

호기롭게 때려 칠 땐 언제고, 이제와 '몸과 마음에 병이 들어 아파 죽겠으니 그만하겠습니다.' 하는 내 처지가, 꼬라지가 볼상스러워 엄마에게 말하는 한 마디 조차 용기가 필요였는데. 어렵게 떼어낸 말과 달리 다른 것 묻기는커녕 딸 몸 상태만 물어주는 덕분에 마음이 편해졌다. 그러고는 하는 말.

"이제 그만해. 할 만큼 했어. 공부 그만하고 몸 추슬러."

그 동안 관리에 소홀한 내 잘못으로 인한 일이었지만, 2년여 공부해 온 시간을 없던 것으로 하려 생각하니 억울하고, 분에 넘치고, 내가 그렇게 미울 수 없었는데. 분통함에 매일을 누워 눈물만 흘렸는데. 꼭 합격해 엄마에게 합격증 선물해 주고 싶었는데. 그렇게 더욱 당당하고 멋진 엄마 딸이 되고 싶었는데. 품고 있던 죄책감이 엄마의 말 한 마디에 녹아 버렸다. 그동안 열심히 해온 걸로 충분하다고. 딸 건강이 제일로 중요하다는 사랑하는 우리 엄마.

세상 살아내기 만만치 않음을 느낄수록 엄마에게 숨기는 이야기만 점점 많아진다.

"어 괜찮아. 잘 지내."
"뭐 그런대로."

더는 거짓말 하고 싶지 않아. 숨김없이 다 말할 수 있을 만큼 행복해져야겠다. ♡

서로를 알아가다

Part 5

엄마와 딸,
그 오묘한 관계

비밀친구

"이거 비밀인데. 너만 알고 있어."

　등하교길, 불량식품 나눠 먹으며 다져둔 의리로 너만은 지켜 주리라 믿었건만. 다른 친구로부터 내 비밀을 들었다. "너 어떻게 알았어?" 우리 둘만 공유하기로 했던 그 이야기는 어느새 여자아이들 사이 공공연하게 떠도는 가십이 되어 있었다. 주워 담을 수만 있다면, 시간을 돌릴 수만 있다면 그때로 돌아가 입을 열지 말았어야 했는데. 후회와 배신에 가득 찬 나는, 더는 비밀이 아니게 된 까닭이 궁금해 친구에게 가따져 물었다. 왜 약속 지키지 않았느냐고. 말끝에 너만 알고 있으라 했던 거 기억 안 나느냐고. 오는 대답이 가관이었다.

　"나도 걔한테 너만 알고 있으라고 했어. 근데 걔가 다 말하고 다녔어. 미안해."

자기는 비밀로 해 달라 했단다. 그리고 그 비밀은 그들 선에서 멈출 줄 알았단다. 아마'비밀이야.'라는 말 한 마디 덧붙이면 비밀이 될 줄 알았던 듯 했다. 깃털 같은 주둥이를 가지고 있는 너의 잘못인지, 비밀이 될 수 없음에도 지켜주길 바랐던 나의 어리석음이었던지, 그 무엇인지 도통 모르겠으나 어린 나는 깨달았다. 입 밖으로 내뱉는 순간, 더 이상 비밀은 없구나. 너만 알고 있으라는 말에는 구속성이 없구나. 내 안에서 끝냈어야 했구나.

그 후로 더는 밖으로 내보이지 않았다. 비밀은 가둬둘 때만이 비밀로 존재할 수 있음을 알았기 때문이다. 그런 한 편 터놓고 싶은 마음은 주체할 수 없어졌다. 털어놓고 싶었고, 털어서 버리고 싶었다. 사람은 고여 썩혀있는 걸 견디지 못하나 보다. 어쩌면 배출하고 싶고, 해소하고 싶은 마음은 당연한 거였다. 무엇보다 위로받고 싶었다. 그러나 그럴 수 없었다. 위로를 위해 비밀을 희생시킬 수 없었기 때문이다. 참. 혼자 삭히는 일의 피로감이란.

피로에 지쳐 터덜터덜 한 발 내딛고 있는데, 살며 힘에 부칠 때면 자연히 떠오르는 사람.
엄마.
엄마 생각이 났다. 지친 마음 편히 뉘일 곳 엄마뿐인가.

"엄마 뭐해?"

"엄마 바빠. 왜?"
"엄마, 있잖아."

목소리에 느껴지던 다급함도 할 말 있어 전화했다는 딸 한 마디에 차분해졌다. 시간 조금 있다고, 이야기 해보라는 말을 마지막으로 엄마는 내 이야기에 집중했다. 그렇게 20분가량을 두서없이, 쉼 없이 떠들었을까. 담아두느라 썩어 있던 그 이야기들 전부 배출되었음을 확인한 엄마는, 이제야 자기 할 말 했다.

"알겠어. 나중에 다시 전화해. 엄마 바빠 끊어."

바쁘긴 바빴던 모양이다. 이제야 속이 좀 시원해진 나는, "알겠어." 한 마디 하고는 전화를 끊을 수 있었다. 듣는 이 호응을 기대할 수 없어 싸다만 응가마냥 뒤끝이 영 찜찜하지만, 어쨌든 고여 있던 마음이 해소되니 한결 시원했다. 확실히 인간은 뱉어야 한다. 담아두고는 버틸 재간이 없다.

비밀이야기를 하는 동안에도, 하고 난 후에도 마음에 불편함 하나가 없었다. 나보다 나를 아끼는 사람, 자기 딸 어디가 흉이라도 보일까 싶어 입에 벙긋함 하나 없을 철저한 비밀친구. 조건 없이 내 편인 엄마는 입 꾹 다물고 있어 줄 것을 알고 있었다. 이 세상 그런 존재 하나만 있어도 살만하다고 하던데, 그래서 내가 또 사나보다.

20분 덕으로 시름 대던 나는 잊고 무념과 무상으로 TV보고 있는데 전화가 왔다. 엄마다.

"어, 엄마."
"아까 무슨 말이야. 다시 말 해봐."

무심하게 넘어간 줄 알았는데 일하는 내내 마음에 걸렸나 보다. 집에 오자마자 바로 전화다. 엄마 일하는 몇 시간 동안 온 신경이 나에게 가 있었을 걸 생각하니, 조금 때 맞춰 말할 걸 싶기도. 그렇게 미안하기도 감사하기도.

내 출구인 엄마가 없었다면, 나 어땠을까? 어떻게 버텼을까?
아으, 생각만으로 끔찍해!

여자 vs 여자

"여자 둘을 화합시키느니 전 유럽을 화합시키겠다." -루이14세

그렇다. 여자 사람과 여자 사람을 조화시키는 일, 여간 쉬운 일은 아니다. 여자의 천적은 여자라는 말까지 존재하니까. 어쩌다 천적이 됐는지는 모르겠지만, 여자 된 자로서 백 번은 공감하는 바다.

그런 면에 있어 우리도 천적의 관계다. 엄마와 나, 우리 모녀는 여자 대 여자 사이기도 하기 때문이다. 서로 잡아먹지 못해 안달인, 포식자도 없고 피식자도 없이 오직 포식을 위해 존재하는 두 여자 사이. 서로를 너무 잘 안다는 것이 비극일까. 우리는 오늘도 물고 뜯는다.

"엄마 살찐 거 같다?"
"뭔 소리야! 부은 거야. 어제 라면 먹어서 그래."

분명 살쪘다. 저번 달 뱃살과 오늘 본 뱃살은 달라도 다르다. "아니야. 살 쪘어, 살 쪘네." 팩트로 폭력을 가하는 나에게 맞은 충격이 컸는지, 가만있을 수 없었나 보다. 엄마의 반격이 들어왔다.

"나이 들면 다 그래. 어쩔 수 없어. 그나저나 눈 깜빡거리는 버릇 좀 고치고. 입술 물어뜯는 것도."
"알."

엄마의 연설에 반사를 날렸다. "알."딱 한 소리. "알겠다."는 말 세 음절 늘어놓기가 귀찮아 "알." 한 음절로 퉁 쳤다. 처음엔 "알이 뭔 말이야?"하던 엄마도 귀에 박히게 들어놓은 탓에 척하면 척이다. 한 마디 더 얹고 싶어 보였지만, 더 크게 돌아올 큰 딸의 잔소리가 겁이나 입을 꾹 닫는 대신 잔뜩 째려보고는 고개를 돌렸다.

도통 칭찬은 드물다. 어쩌다 한 번 있을까. 천적끼리 그렇지 뭐.
퇴근하고 온 길. 반찬이며 청소해 주러 엄마가 집에 와 있던 날이었다. 띠띠띠띠 비밀번호 누르고 "엄마 나 왔어."하며 집에 들어갔는데, 나를 엄마가 빤히 쳐다봤다. 뭐지. 이건 내 얼굴 간파하려고 쳐다보는 게 확실했다. 누군가의 응시를 당해 본 사람은 알 거다. 뭔가 찝찝한 그 기분. 뭐 묻었나 싶기도, 그 정도로 생기다 만 얼굴인가 싶기도, 미궁 속으로 빠져든 나는 "왜?"하고 묻지 않을 수 없었다. 조용히 넘어가기엔 엄마 눈빛이 영 석연찮았기 때문에 짚고 넘어가야 했다.

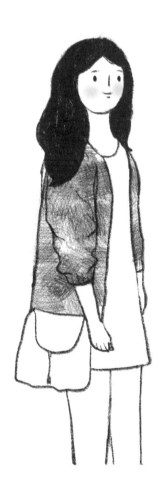

"아니야. 그냥. 예뻐서."

보통 이성한테 듣고 심장 쿵 하고 떨어질 이 말을, 엄마에게 듣고 심장이 쿵 떨어졌다. 작은 딸에게는 몰라도 큰 딸인 나에겐 예쁘다는 말을 쓸데없이 많이 아끼기 때문이다. '웬일이지. 드디어 인정받은 건가. 예뻐지긴 예뻐졌나.' 어쩔 도리 없이 배시시 배어 나오는 웃음에 마음을 놓아버렸다.

"진짜? 진짜 예뻐?"
"응. 오랜만에 보니까 예쁘네."

예쁘다는 소리 싫어하는 사람 있으면 나와 보라 그래!
천적도 마음 맞는 때가 한 번씩 있다. 여자라는 동족성 때문일 거다.
쇼핑할 때만큼은 기막히게 죽이 척척 맞는다. 우리는 의류 매장에 들어가 일사분란하게 흩어진다. 어디에서 만나자는 인사도 없이 제 갈 길 찾아가기 바쁘다. 본인 스타일 따라 가는 거다. 한참 이것저것 뒤적이다가 나를 위해 태어난 옷이 보이면 집어 들고는 엄마를 부른다. "엄마! 엄마!" 부름에 달려온 엄마에게 이 옷 어떠냐며 티셔츠 몸에 대고는 얼굴은 엄마를 응시하는데, 이때 상대방 의견이 중요하다. 힘겹게 마음에 드는 옷 한 벌 발견했는데 나와는 다른 의견으로 "별론데?"를 외칠까 침을 꼴깍 삼켰다. 그런 나를 두고 엄마 하는 말. "괜찮네. 하나 사 입어." 통과다! 엄마 허락이 없었으면 결코 구매하지 않았을 거다.

이상하게 쇼핑할 때만큼은 엄마 말 잘 듣게 된다니까. 득템 했다는 뿌듯함에 엄마 팔짱을 끼고는 다음 매장으로 향했다. 내 옷만 사가면 엄마 서운 할 테니까. 이 재미있는 쇼핑 나만 즐기기엔 엄마 빨리 집에 가자고 할 것 같으니까. 소문난 잔치에 먹을 것 없다고 했던가. 엄마 입맛에 맞는 옷이 없나보다. 나가자는 엄마 말에 우리는 집으로 향하기 대신, 다른 매장에 들렀다. 실컷 구경하고 있었을까. 동생에게 전화가 왔다.

"언제와?"

벌써 시간이 이렇게 됐나. 어느덧 저녁시간이 되어 있었다. 힘든 줄도 모르고 3시간 동안 쇼핑몰 온 층을 누비고 다닌 우리 모녀였다.

"이제 갈까?"

역시 쇼핑은 엄마다. 나가자는 보챔 한 번 없이 원하는 대로 싹 다 둘러볼 수 있으니까. 사고 싶은 옷 잘 어울리는 지 3자의 눈으로 의견 보태주기도 하니까.

딸이 최고여!

남아를 선호하던 시절 있었다. 남존여비 사상이 존재하던 그 시절이 그랬다. 시대 탓이야 뜻 그대로 시대의 탓이니 도리 없다 치더라도, 우리 할머니만큼은 그러지 말아야 했다. 손자 태어나길 바랐던 할머니는 손녀로 태어난 나를 보고 실망 했단다. 아들딸 상관없이 같은 손주라면, 그것이 본인의 것이라면 난 모습 그대로 사랑해 주어야 하는 거 아닌가. 다른 사람은 몰라도 "우리"할머니는 그래서는 안됐다. 반면 엄마에게 나는 충분히 소중한 존재일 수 있었다. 아들, 아들 하는 할머니 이야기가 듣기 싫었는지, 할머니 등지고는 나를 향해 "딸 하나 열 아들안 부럽네."라 했다. 할머니가 소중히 여기는 아들 열을 데리고 와도, 엄마는 나 하나와 바꾸지 않겠다는 말이다.

키울수록 우리 딸이 최고라 했다. 확실히 딸이 가진 섬세함이 있나보다.

엄마가 감기에 걸렸다. 그런 엄마가 어찌나 신경 쓰이던지. 마음이 콩밭에 가 있으니 철저히 현재에 산다는 건 책 속에서나 가능한 일이었다. 엄마에게 전화를 걸었다.

"엄마 아직도 많이 아파? 뭐 사다줄까?"

괜찮다고, 친구들과 놀다 천천히 들어오라는 답장에도 안심할 수 없었다. 놀고 가자는 친구를 뿌리치고 집으로 향했다. '엄마 조금만 기다려!' 등에 매달린 책가방, 오른손에 들린 실내화 가방을 두 손에 꽉 쥔 채 집으로 내달리기 시작했다. 두 가방 좌우로 덜렁이는 탓에 발발거리는 걸음만큼 속도가 나지 않았다. 누군가 나를 쫓아 전력을 다해 뛰고 있지만 여전히 제 자리 걸음이던 그 때는 꼭 꿈속 같았다. 마음 급할수록 짧은 다리는 또 어찌나 원망스럽던지. 쉼 없이 달려 드디어 도착한 집, 문을 열고 엄마에게 달려갔다. 아파서 누워 쉬고 있던 엄마. 본건 있어가지고. 아플 때 엄마 내게 해주던 모습 그대로 흉내 냈다. 우선 수건에 차가운 물 적셔 꾹 짜낸 뒤 반에 반을 접어 엄마 이마 위 올려놓았다. 왜 하는 지 그 이유는 모른 채. 단지 열 날 때면 습관처럼 젖은 수건 올려주던 엄마 덕에 뜨끈하던 몸 금세 식었음을 기억했던 이유였다. 그리곤 이마의 열기와 차가운 수건의 냉기가 식고 수건이 뜨거워졌을 즈음, 다시 한 번 차가운 물로 적셔 오던 엄마 모습을 그대로 따라했다. 아파 누워있던 나를 일으켜 주황색의 액체형 해열제 숟가락한 가득 따라 한 입, 두 입 먹이던 것이 떠올랐다. 냉장고에 그것을 찾으러 갔을 때, 놓친 게 있음을 깨달았다.

'맞다. 약 먹기 전엔 항상 뭐라도 먹어야 된다고 죽 몇 입이라도 떠 먹으라 했었지.'

약보다 죽이 먼저였다. 죽을 만들어야 했다. 인터넷이라곤 없던 그 때 그 시절, 방법이라곤 오직 엄마 만들어 준 죽의 형태와 맛, 간혹 TV 드라마에서 본 요리법을 생각해 내었다. 이만큼의 쌀이 저만큼의 밥이 되는 걸 알리없던 나는, 되는대로 쌀 씻는 바구니에 쌀 주워 담아 뽀얀 물이 나오지 않을 때까지 열 번이고 씻어댔다. 씻어도, 씻어도 나오는 뽀얀 물에 지칠 법도 했지만 그럴 수 없었다. 엄마가 아프니까. 어디서 무얼 봤는지 모르겠지만 냄비에 씻은 쌀과 물 넣고 끓이다 틈틈이 주 걱으로 계속 저어주면 된다던데. 양 조절에 실패해 냄비 가득 넘치기 직전인 죽에 쌀알이 씹힐 즈음으로 요리를 마무리 지어야 했다. 그러 곤 국그릇에 한가득 담아 간장 참기름과 함께 엄마에게 내었다.

"엄마. 이거라도 좀 먹어."

쌀죽 알덴테(채소나 파스타류의 맛을 볼 때, 이로 끊어 보아서 너무 부드럽지 도 않고 과다하게 조리되어 물컹거리지도 않아 약간의 저항력을 가지고 있어 씹 는 촉감이 느껴지는 것)라고 들어 봤나 모르겠다. 쌀의 익기를 알덴테로 만들어 낸 내 작품을 보고 엄마는 몇 입 먹다 말았다. 입맛이 없어 그런 거겠지. 한나절 엄마를 돌보았을까. 엄마가 쾌차했다. 일상을 회복한 엄마가 동네 아줌마와 이야기 하는 걸 듣게 되었다.

"아유. 은경이가 기특하네. 엄마도 챙기고. 우리 아들은 엄마 생일 도 모르고 지나가던데. 옆집 아줌마가 오늘이 엄마 생일이라고 하니까 축하해 한 마디 하고는 축구하러 나가더라. 나도 딸 있었으면 좋겠다."

아직도 엄마는 말한다. 딸 둘 낳길 너무 잘했다고. 본인 의지대로 아 들 제외시키고 낳은 딸도 아니면서, 딸만 둘이라 너무 좋단다. 요즘 보 면 나보다 잘하는 아들들이 더 많은 거 같아 양심에 찔리지만.

그나저나 딸이 최고인 이유는 다른 데 있었다.
엄마에게 톡이 왔다. 사진이었다. 웬 사진일까 궁금해 클릭해 보니 어버이날을 앞두고 떠도는 사진인 듯 보였다. 현수막에는 이렇게 쓰여 있었다.

"꽃으로 퉁 칠 생각하지 마라!"

꽃으로 어물쩍 넘어 갈 생각은 꿈에도 말라며 사전 차단이다. 톡을 읽고 곧장 무시해 버렸지만, 이미 준비해둔 봉투는 엄마를 위한 거였 다. 어버이날이 되고 건넨 얼마 되지 않는 용돈. 곧 날아가 버릴 듯 가 벼운 봉투라 엄마에게 건네고도 미안함이 더 컸지만, 건네 든 봉투에

엄마가 한 마디 했다.

"역시 딸이 최고야!"

버릴 건 똥뿐이라

"우리 딸 버릴 건 똥뿐이지."

큰 딸은 버릴 것 하나 없다며 엄마가 하는 말이다. 뭐라도 하나 버릴 것은 있다는 말인가 싶어 가만 생각해 보니, 똥은 버릴 때 비로소 해소되는 것이더라. 엄마로부터 찬사를 받은 그때. 누군가의 말이 떠올랐다. 돼지가 진정 효자라고. 돼지 한 마리 잡으면 한 마리 전체가 쓸모란다. 우선 돼지 머리부터 살펴보면, 귀는 귀대로 삶아 데쳐 양념해 먹을 수 있고, 굳이 그러하지 않아도 머리 전체 고사용에 쓰일 수 있단다. 고사에 쓰일 희생의 제물이니 미소 띤 얼굴일수록 그 가격 무시 못 한다나. 돼지 앞다리, 뒷다리도 그렇다. 한때 천대 받던 시절도 있었지만, 요즘 그 가치 톡톡히 상승해 식탁 여기저기 등장하지 않는 일 없다. 뒷다리보단 앞다리가 맛이라고, 앞다리만 찾는 이 적지 않으나 "고기는 고기서 고기다." 돼지 배때기 기름은 어떻고. 겹이 세 개라 삼겹살이라는 그 부위는 없어서 못 먹을 지경이다. 겹 두 개 더해져 오겹살이라 불리는 부위는 삼겹과 함께 씹히는 꼬독한 껍데기 살에 식감 한 번 일품이다. 진정한 돼지의 맛은 돼지 뱃살에서 나오는 법이다. 발은 어떻고. 새콤 매콤한 비빔 막국수에 족발 한 점이면 세상은 내 것이 된다. 같은 돼지에서 나왔다지만 전혀 색다른 풍미에 이건 신세계다. 아낌없이 주는 돼지는 여기서 끝이 아니다. 내 32년 인생 소 껍데기라는 음식은 들어본 일 없어도, 돼지껍데기 최고의 소주 안주임은 알고 있다. 특별한 맛이 나는 건 아니지만 한 입 씹어 먹다 보면 느껴지는 특유의 꼬독 쫄깃한 식감이 젓가락질을 멈추지 않게 한다. 무엇보다 껍데기에 콜라겐이 많다며. 믿거나 말거나지만 피부미용 핑계 삼아 한 입, 또 한 입 짭짭대고 씹는 재미가 무한하다. 여기서 끝이 아니다. 돼지는 내장도 버려지지 않는다. 소 곱창 보다 저렴한 탓에 학생들에게 인기 좋다는 돼지 곱창. 내장까지 맛있다. 문제다. 이건 쓸모없겠지. '꼬리는 버려질까.'하는 의문으로 가득한때. 오호라. 돼지는 사랑이구나. 광장시장 한편 누워있던 웬 기괴한 모양의 그것을 보고 "이게 뭐에요?"하고 물었더니 아주머니 하시는 말. 돼지 꼬리란다.

"돼지는 다 맛있어."

너의 말 참 돼지 같구나, 싶었는데. 우리 엄마가 보는 내가 그랬다.

"우리 딸은 다 최고야."

전국에서 손에 꼽아 SKY라 불리는 그 대학에 들어갈 수는 없었지만, 공부 못 한다는 이야기 또한 들은 일 없었기에 그저 엄마 눈에 똑똑한 딸이 될 수 있었고, 생각에 든 일은 반드시 말해야 하고, 남의 주장 쫓아 내 신념 굽힌 일 없었다는 이유로 야무진 딸이 되었으며, 주근깨 빼빼마른 빨간 머리 앤도 아닌 게 예쁘지는 않지만 사랑스럽지,

친구들과 어울려 다니며 청소년들 하지 말아야 할 행동에 엄마 걱정 시킨 일도 없지,

아빠 없이도, 혼자의 몸으로 세 식구 먹고 사느라 바쁜 엄마 없이도 혼자 알아서 잘 컸지,

아무하고도 아무렇지 않게 잘 어울리는 덕에 성격 좋다는 소리 듣고 다니지,

끊임없이 운동하고, 읽고, 쓰는 탓에 매사 열심히 살지,

아무튼 좌우당간 우리 딸은 죄다 쓸모란다.

알 길 없는 엄마 마음.

'못났다고 할 때는 언제고 갑자기 버릴 건 똥뿐이래. 우리 엄마도 어쩔 수없는 고슴도치 맘인가.'

표현은 다소 거칠지만, 똥만 빼면 완벽하다는 엄마의 찬사에 한껏 기분이 업 됐다.

"나 우리 엄마한테 이런 딸이었어?"

온화하거나 말 잘 듣는 딸은 아닐지라도, 어딘가 빠짐없는 딸인가
보다. 그리고 그런 나는 엄마의 자부심이기도.

"예쁘게 좀 하고 다녀!"

한 달에 한두 번 엄마를 만나는 날이면 벌써부터 불편하다. 나를 보는 내내 듣게 될 그 말이 귀에 선하기 때문이다.

"예쁘게 좀 하고 다녀! 화장도 좀 하고. 꼴이 그게 뭐야."

엄마는 나를 분신으로 여기는 게 분명했다. 분신과도 같은 자식 어디 가서 못난이로 보이는 꼴 여간 신경 쓰여 한말 일 테니까. 낳을 땐 조물조물 예쁘게 빚어 잘 낳아줬는데, 성장하는 동안 망쳐버린 내 잘못이었다. 내가 낳아 기른 것이 저런 모습을 하고 있다니. 믿고 싶지 않을 테다.

아침 출근길이었다. 평소와 달라진 풍경이라곤 배웅해 주는 엄마가 있다는 것뿐, 모든 것은 어제와 같았다. 그 날도 내일도, 1년이 지나도 같을 것 같은, 여느 평일이었다. 눈 뜨는 순간부터 그랬다. 이제야 눈

감고 잠에 든 것 같은데 어느새 출근해야 된다고, 침대 오른편 손 뻗을 만한 곳에 위치한 핸드폰이 울기 시작했다. 아침기상은 도통 친해지려야 친해질 수 없고 정이 안 간다. 믿고 싶지 않았다. 전날 알람 잘못 맞춰둔 건 아닐까, 그게 아니라면 화장하는 시간을 건너뛰면 5분에서 10분은 더 잘 수 있지 않을까. 잠결에도 수많은 아이디어가 나를 스쳐갔고, 나는 깔끔하게 외모를 포기하고 잠을 택하기로. 쪽잠 5분 더 잘 수 있다는 생각에 어찌나 행복하던지. 내던졌던 이불 스물 스물 감아 올려 목까지 덮어 주고는 입가의 미소와 함께 잠에 들었다. 그리고 5분 뒤. 추가 5분을 취했다가는 지각을 면치 못할 거 같아 가까스로 일어나 비몽사몽 옷을 주워 입었다. 도살장 끌려가는 소나 다름없었다. '아직도 수요일이네', '시간 참 더럽게 안 가네', 구시렁대다 보니 이젠 집을 나서야 할 시간이 되었다. 몇 분 더 누워있던 대가로 얼굴은 벌거벗은 채, 간신히 마스크 하나 걸치고 엄마에게 인사를 건넸다.

"엄마 나 갔다 올게."
"어머 어머. 그러고 출근하니?"
"응. 왜?"

올 누드의 얼굴 천 조각 한 장으로 대충 가리고 출근하는 꼴에 놀랐나보다. 이럴까봐 엄마 몰래 출근하려 했는데. 오랜만에 온 딸집에 배웅이라도 해줄 요량으로 일어난 엄마가 보고 또 보아도 놀라운 딸의 민낯을 보고는 시작했다. 조금만 부지런 떨어서 화장하고 다니라고, 예의 없게 그 꼴을 하고 다닐 수 있느냐며 아침부터 폭풍 한 아름이다. 엄마가 보는 내 민낯이 그렇게나 민폐였나 보다. 화장 전과 후의 모습은 마치 두 개의 인간이 안에 존재하는 것과 다름없다는 사실을 본인인 나도 인정하는 바이지만, 둘러대자면 일하러 가는 사람이니 일만 잘하면 된다는 마음이었다. '데이트 하러 가는 것도 아니고 쌩얼이 좀 어때서.' 속에 끓어오르는 말이었으나 엄마 내 민낯에 얼마나 놀랐을지 모르는 바 아니기에 알겠다는 말로 대충 얼버무리고는 집을 나섰다. 엄마는 알고 있었다. 알겠다는 말은 상황 모면을 위한 맺음의 대답 그 이상도 그 이하도 아니라는 것을. 엄마는 물러서지 않았다. 오후나절 톡이 왔다. 출근 할 때는 얼굴도 단정하게 하고 가야하는 거라고. 화장 안한 모습이 마치 회사 대충 다니는 것 같아 보인다고. 딸 걱정스러워 하는 이야기라며.

　그 뿐 아니다.

　우리 엄마는 내 입술 색에 관심이 참 많다. 허여멀건 하니 입술에 생기 없어 보이는 때면 그 즉시 립스틱을 내민다. 이거라도 바르라고. 엄마랑 하는 외출, 편하게 나갈 심사로 트레이닝 복이라도 입고 나가는 날이면 또 한 마디다. 벌써부터 꾸미는 거 귀찮아하면 어떻게 하냐고. 한참 예쁠 나이인데 옷도 사 입고 꾸미고 다니란다. 이야기 해주는 엄마 표정이 절절했다. '안타까워서 그래.'

　'엄마가 의외로 가혹하단 말이지.'

우리 엄마만 유독 큰 딸 외모에 엄격한 줄 알았더니, 아닌가보다.

우연히 '나 혼자 산다'라는 TV 프로그램에 개그우먼 장도연이 출연한 에피소드를 보다 알게 됐다. 장도연과 그녀의 엄마가 TV 속 장도연의 모습 모니터링하며 대화 나누고 있었는데, 대뜸 그녀의 엄마가 하는 소리에 우리 엄마 TV 속에 있는 줄 알았다.

"옆에 손담비 씨는 그렇게 예쁘던데. 넌 뭐냐. 좀 예쁜 옷 입고 화장도 잘 하고 나가."

엄마 얘기를 듣고 한참을 웃던 장도연이 하는 말, "그 날 최고로 예쁘게 하고 나간 건데." 만국 공통으로 엄마가 딸에게 하는 이야기인지는 조사해 본 바 없어 모르지만, 적어도 TV 속 장도연의 엄마는 우리 엄마 같았다. 고슴도치도 제 자식은 예쁘다고, 뾰족하게 튀어나온 가시마저 솜털같이 느껴지는 게 엄마라던데. 나도 어릴 때 예쁘다는 소리만 듣고 자란 거 같은데, 어른이 된 지금은 예쁘게 좀 하고 다니라는 소리만 듣는 건지. 늙어가는 자식에게서 보이는 노화에 엄마 마음 편할 리 없어 그러는 건지, 어디서 외모로 손가락질 받지 않을까 염려되어 그러는지, 이도 아님 내가 낳은 것 적어도 이 정도는 되어야 한다는 자부심이 그렇게 만든 건지. 추레해 보이는 딸을 보면 그렇게 속상한가 보다. 엄마 마음고생 안 시키는 딸 되려면 여러모로 부지런해져야 하나 봐.

엇나간 성장속도

"딸 이게 뭐야. 어떻게 하는 건지 알려 줘."

요즘 따라 자주 듣게 되는 엄마 이야기. "노안인가 봐. 잘 안보여." 만큼 듣고 싶지 않은 말. 엄마도 내 도움이 필요한 때가 왔나보다. 아는 게 많아져 가는 나와 달리 엄마에게 세상은 배움 투성이가 되었다. 그럴 만도 하지. 스마트 폰이 상용화 된 게 고작 십년 사이 3G에서 4G를 건너 5G에 이르는 초시대를 걷고 있고, 핸드폰을 또 하나의 장기로 가지고 사는 우리는 포노 사피엔스가 되어 버렸으니까. 휙휙 변해 가는 시간 속 두 딸 뒷바라지로 세상일 신경 쓸 여유 없던 엄마는 그 사이 엄마 노릇만 늘었다. 이미 길들여진 엄마 표 반찬이었지만 십년 사이 감칠맛이 늘었고, 가구 배치 실력은 향상했으며, 옷 정리 능력은 탁월해 졌다. 두 딸 걱정하는 마음은 또 어찌나 깊어졌던지. 엄마경력 삼십년 차 베테랑이 되어버렸다.

반면 나는 엄마 뒷바라지 덕에 사회 한 구성원으로 살포시 자리매김할 수 있었다. 민들레 씨처럼 한 군데 정착 못하고 불어오는 바람 따라 여기 잠시, 저기 잠시 하던 그 시절 지나고, 씨를 틔우기 위해 자리를 잡게 된 것이다. 제법 싹을 틔우니 낯설었던 이곳도 내 세상이 되었고, 모든 것은 자연스러운 일이 되었다. 세상살이 어려운 일은 있어도 모르는 일은 없게 되었다는 말이다.

뒤에서 딸 밀어주고, 그 딸은 앞만 보며 걸어가는 동안 우리의 성장 속도는 어긋나 버렸다. 아주 기초로 여기는 스마트 폰 다루는 법까지 엄마는 어렵나보다. 행여 클릭 한 번 잘못해 엉뚱한 곳에 결제 되지 않을까, 핸드폰 망가지는 건 아닐까 걱정되는 듯 싶었다.

"이 버튼 클릭하면 이런 화면이 뜨잖아. 그러면 이걸 눌러. 그 다음에 화살표 모양을 클릭하고 이거 한 번만 더 누르면 돼."
"다시. 엄마가 한 번 해볼게."

어플리케이션 켜는 방법부터 본인이 원하는 영상 보는 방법, 마지막으로 배운 게 맞는지 확인까지 하는 과정까지. 어느 순간부터 익숙한 우리 집 풍경이다. 처음엔 모를 수 있다고 생각했다. 스마트 폰에 친숙하지 않던 나도 그랬으니까. 모르면 배우면 되는 거고, 미숙함은 친숙해지면 그만이니까. 한 두 번은 그랬다. 못된 성격은 멀리 가질 않는다. 한두 번까지가 내 인내였고, 그 다음부터가 문제였다. 아무래도 스마트 폰과 친해지는 데 시간이 걸렸던 엄마는 다시 한 번 물어왔다. 이건 어떻게 해야 하는 거냐고. 물음이 죄도 아니고, 친절히 잘 가르쳐 주면 그만이련만 기초적인 것을 재차 묻는 엄마에게 나도 모르는 사이 날이 섰다.

"그냥 막 이것저것 막 눌러봐 엄마."

날카로움엔 이유가 있었다.

눈에 보이는 버튼 세 개 중 하나만 선택해 클릭하면 그만인 일을 공연히 다시 묻는 다는 것에 귀찮기도 했지만 속상해서 또 그랬다. 딸 기준에 아주 별 거 아닌 일을 어려워하는 엄마를 보니 '우리 엄마 이럴 수 있을까.' 싶었다. 엄마한테 가르침만 받던 나였는데, 모르는 건 엄마가 다 해결해 줬는데, 이제는 내가 엄마가 되고 엄마가 내가 되어 가는 모습을 받아들일 수 없었다. 받아들이기 싫었다. 엄마는 여전히 내가 알던 엄마였으면 좋겠고, 의지할 존재로 남아주기를 바라는 까닭이었다. 나는 자꾸만 커져 가는데, 엄마는 갈수록 작아지는 건지. 파리채로 세차게 매질하던 때가 훨씬 좋으니 작아지지 않았으면, 약해지지 않았으면 하는 바램뿐이었다. 부정하려 해도 그럴 수 없는 게 세월인가보다. 이제는 내가 엄마에게 엄마노릇을 해야 할 차례가 되었나 보다.

박나래와 어머니 고명숙 여사가 TV 프로그램에 등장했다. 그녀 어머니는 해외 첫 여행으로 일본에 가게 되었는데, 난생 처음 가는 외국에 딸 박나래가 입국신고 작성법부터 기초 회화까지 하나하나 알려주는 장면이 나왔다. 그 모습 마치 타지로 딸 시집보내는 엄마 같았다. 엄마를 딸처럼 보살피는 박나래 모습이 어찌나 훈훈하던지. 나와는 너무 다른 그녀 모습에 취해 TV에 흠뻑 빠져 있었는데, 프로그램 후반 쯤 그들이 한 인터뷰가 가슴에 내리 꽂혔다.

"항상 내 딸은 언니 같아요. 내가 못 챙기는 것까지 챙겨줘요. 내가 더 챙겨야 하는데 나래가 오히려 더 많이 챙기니 미안한 마음입니다."

"우리 엄마는 30년 동안 엄마로 살았어요. 남은 인생은 엄마가 아닌 여자로 살게 해주고 싶어요. 그리고 바람이 있다면 다음 생엔 엄마의 엄마로 태어나 더 잘해드리고 싶어요."

엄마의 엄마가 되어 엄마가 본인 딸이 됐으면 좋겠다는 박나래. 그녀는 알았던 거다. 준 것은 금세 잊고 해주지 못한 것만 마음에 남아 있는 엄마, 그런 까닭에 엄마가 딸에게 베푸는 사랑이 딸이 엄마에게 보답하는 것과 같을 리 없다는 것을. 그리고 보살펴 드릴 일이 이제는 자기 몫이라는 걸.

남은 시간 엄마의 엄마가 되는 일. 우리 엄마 나에게 해주었던 것만큼, 나, 잘 할 수 있을까.

잘되면 내 탓, 못되면 당신 탓

보통 잘 되면 내 덕이라 하지 않나. 잘못되면 네 탓이라 하고. 내 삶의 주변 대부분은 그래왔다. 심지어 잘한 것만 남기려 하고 못한 건 기억에 지워버리는 사람도 적지 않았다. 어쩌면 당연하다 생각했다. 누구도 자기 잘못 인정하고 싶지 않을 것이며, 그것은 오직 남에게 향했으면 하는 마음일 테니까. 그래서였을까. 내 세상 안에서 이것은 불문율과도 같았는데, 그럼에도 딱 하나의 예외가 있다면, 바로 엄마였다. 모든 공은 딸인 나에게 갔고, 어긋난 일은 엄마인 본인 탓으로 돌렸다.

간절하고 절실하게 바라던 대학교 한 번에 합격했을 때도 엄마는 그랬다.

"다 우리 딸 혼자 잘 커줘서 그런 거지. 엄마는 해 준 게 없어."

아마 직장 생활로 아침밥이며 저녁밥 못 챙겨준 까닭에 그랬던 말일 거다. 또 남들 다 가는 학원 한 번 보내달란 말없던 딸에 대한 미안함에 나온 소리일 게다. 모르는 바 아니다만, 분명한 건 엄마 덕에 할 수 있었다. 엄마 나를 잘 낳아, 아빠 없이도 모난 길 가지 않도록 잘 키워준 덕이었다. 사실을 두고 엄마 본인 공으로 돌려도 부정할 사람 아무도 없건만. 겸손도 도가 지나쳤다. 그렇게 나를 만들어 준 장본인은 커튼 뒤로 쓱 숨어버린 채, 나는 나 혼자 잘 큰 사람이 되었다.

서울에서 직장생활 시작 후 처음 내 힘으로 집을 구하러 다니게 된 날. 그 모든 것은 엄마 책임이었다. 엄마는 말했다.

"엄마가 못해준 게 많아 그런가 보다. 엄마가 조금 더 여유 있었음 우리 딸 이렇게 고생하지 않아도 됐을 텐데."

그 당시 나는 모아둔 종자돈 조금과 연봉을 담보로 한 전세자금대출 일부를 받아 세 들어 살 집을 구했다. 물론 엄마에게 손 내밀 생각은 없었다. 도와달래야 도와 줄 형편이 아니었음을 어릴 때부터 체득해온 터였고, 엄마의 심기를 불편하게 만들 생각조차 없었기 때문이다. "엄마 혹시 모아둔 돈 좀 있어?"라며 단 한 마디 묻지도 않은 딸에 스스로 찔려서 그랬을까. 의례 도와주어야 하는데, 도움이 되어야 하는데 하는 마음이 엄마를 아프게 했나보다. 아무런 기대도 하지 않았던 내게 엄마 본인이 먼저 꺼낸 말이었다. 여자 혼자 힘으로 어린 두 딸 키워낸 장함은 어디로 팽겨치우고, 그 사이 본인 노후자금 준비도 못한 엄마는 자기를 탓했다. 엄마가 조금 더 여유 있었으면 우리 딸 조그만 집에 살지 않아도 되었을 텐데, 세 들어 사는 설움 겪지 않아도 되었을 텐데 하며.

"무슨 소리야. 알아서 할 수 있어. 그런 말 하지 마."

열 달 품어가며 지켜준 것도 모자라 사지가 찢겨나가는 고통으로 세상 빛을 보게 해주었고, 이 험한 세상 남편 없이 온 몸으로 나를 지켜준 것도 모자라 모든 것을 본인 탓으로 하다니. 분명했다. 엄마는 자기가 보내준 사랑 모두를 까맣게 잊고 있다는 걸. 준 것은 잊고 못해준 것만 마음에 새겨두었다는 걸. 자기 공만 생각하면 상대의 보상에 눈을 켜고 있겠지만, 늘 미안해만 했으니까 말이다.

생각했다.

언제까지 엄마는 미안하기만 한 존재일까. 자신 몸 버리면서까지 나를 지켜준 그 사랑은 온데간데없이, 조금 더 잘해주지 못함에, 누구 부모만큼 챙겨주지 못함에 죄책감 가져야 하는 걸까. 이기적이어도 된다고, 엄마 사랑이 이기적일 수 있음을 타당하게 만들어 준다고, 그만 미안해도 된다고 말해주고 싶었다. 대신 이렇게 건강하고 예쁜 성인으로 자라게 된 것이 엄마의 공이고, 개중 치르게 되는 인생의 혹독한 신고식은 자라며 만든 나의 잘못이거나 혹은 내 성장을 위한 세상의 큰 그림이었던 것뿐이라고. 그러니 엄마가 가지고 있는 죄책감, 그것은 저 멀리 내던져도 좋다고. 죄지은 듯한 느낌에 늘 안쓰럽던 딸, 부족한 엄마 만나 고생만 하는 것 같은 우리 딸, 그 딸인 내가 허락하겠다고. 죄책감이 아니라 딸 이렇게나 잘 키운 엄마라는 자부심, 그 하나만 가져가도 충분하다고.

"나는 결혼해도 자식 안 낳을 거야."

대놓고 엄마 마음에 못을 박았다. 내가 받은 엄마의 사랑, 그것이 모성애라면 나는 자신이 없으니까. 아이러니하게도 엄마를 알아갈수록 엄마가 되기 싫어지니까. 장담 할 수는 없는 일이다만, 우리 엄마 나에게 베푼 사랑은 엄마가 될 나를 두렵게 만드니까.

우리 엄마를 보고 느낀 일이지만, 아마 엄마라는 존재 모두가 그럴 것이다. 우리 엄마라 특별히 나를 보는 눈빛에 애잔함 가득하고, 안쓰러움 가득할 뿐, 어머니라는 타이틀을 가진 존재 모두 잘 커준 고마움만 마음에 가득할 거다. 그들에게도 말해주고 싶다. 어머니 걱정 없이도 자녀분 충분히 행복하고, 잘 살고 있다고. 오히려 엄마 죄책감이 그들 마음 무겁게 할 뿐이라고. 조금은 이기적이어도 된다고. 자기가 세운 공, 스스로 높이 치켜세울 필요 있다고.

"그게 내 덕이지 네 덕이니? 그리고 그건 네가 잘못해서 그런 거지, 왜 엄마 탓을 하니?"

이 말 한 마디 들으면, 시원하게 웃음 한바탕 터뜨리겠건만.

내가 더 잘할게

엄마에게 나는 어떤 딸일까. 가만 생각해봤다.

어릴 땐 그랬다. 엄마라면 자식 된 나를 온 힘 다해 사랑해 주어야 하고, 낳아 기름에 있어 적정 수준의 교육 시켜주어야 하며, 먹고 자고 입는 것에도 부모 된 자로서 해주어야 할 최소 기준은 지켜야 하는 사람. 낳았으니 책임지라는 격일까. 내 의지대로 태어난 일 없으니, 의지에 따라 낳은 엄마 알아서 하라는 배짱이었다. 가정 내 경제적 주체에 해당하는 아빠를 일찍 여읜 대가로 나는 내가 만든 기준에 달하지 못하는 어린 시절을 보냈고, 그때마다 나는 생각했다.

'준비된 부모가 되지 않고는 절대 애기 갖지 않을 거야.'

엄마가 바라던 바는 절대 아니었을 거다. 홀로 두 딸 키우고 싶은 사람은 없을 테니까. 그런 엄마 마음도 몰라주고, 엄마는 그저 나의 원망

따라 준비성 없는 부모가 되어 버렸다. 친구는 되고 나만 안 되는 일이 늘어날수록 원망은 커져갔다. 쟤들은 되는데, 나만 안 되는 사실에 억울했다.

나도 모르는 사이 엄마아빠를 평가하고 있었던 걸지 모르겠다. 다른 부모와 비교해서. 물론 우리 엄마가 월등히 존경받아야 할 부분이 훨씬 많았다. 넓고 깊은 마음씨, 성품, 인성이나 배려심에서는 10점 만점에 100점을 주어도 모자랐으니까. 우유에 타먹는 초코 가루 좀 흘렸다고 화를 버럭 내는 저 아줌마와 달리, 다친데 없느냐고 내 걱정부터 먼저 해주는 게 우리 엄마니까. 우리 딸 뭘 해도 자랑스럽다며 나를 치켜세워주는 엄마니까. 키 작은 건 부끄러운 일 아니라고, 작은 고추가 매운 법이라며 자존감 높은 나로 키워줬으니까. 나의 불만은 그녀의 취약점, 경제적 측면 오직 그것에 있었다. 공부 못한다는 소리는 못 들었어도 손에 꼽는 대학도 못갈 실력이었으면서, 학원 못 보내주는 엄마 탓은 어찌나 했던지. 도망치고 싶던 핑계였을지 모르겠다. 사소한 것에도 예민하던 고등학교 3학년 시절 하나의 나였는지도. 그렇게 요즘에야 드는 생각이다. 관계는 나와 엄마 우리 둘이 만들어 가는 건데, 왜 오직 내 입장에서 엄마를 바라봤을까? 엄마에게 나는 어떤 존재일까? 아무리 딸이라도 미운구석 있기 마련이고, 징글징글할 때 허다할 텐데. 그런 나도 사랑해 줘야 하는 게 엄마라며 왜 당연하게 엄마의 사랑만을 바라왔을까? 세상 가장 싫어하는 말, "당연하다." 어디에도 당연한 것은 없다고, 당연하게 생각하는 몰지각한 당신만 있을 뿐이라는 그 상식에 나는 엄마라는 예외를 두고 있었던 거다.

딸 된 나를 스스로 평가해 봤다. 나는 어떤 딸일까?

엄마에게 자식은 나와 동생 오직 우리 둘 뿐이고, 평가의 기준은 상대가 존재하는 상대평가를 통해 해보기로 했는데, 답이 금방 나왔다. 엄마에게 나는 3점짜리 딸이구나. 그나마 3점을 줄 수 있는 건, 엄마의 딸이라 부여 받을 수 있었다. '그래도 딸인데.'하는 욕심이었다.

엄마 눈 피곤하다 하면 어디가 어떻게 아픈 거냐며, 자기가 눈에 좋은 영양제 알아보고 보내주겠다고 즉각 실행하는 동생과 달리, "그러게 밤에 불 끄고 핸드폰 보지 말라고 했잖아."라며 지난날의 엄마를 헐뜯는 나. 잔소리 하는 나를 두고 "엄마가 다 우리 키우다 나이 들어서 그런 거 아니야."하고 엄마 두둔하는 동생. 엄마 하는 말에 어긋남 없이, 엄마 싫어하는 행동은 피하고 반대로 좋아하는 행동은 두 손 들고 나서서라도 하는 동생과 달리, 엄마 걱정 범위에 들어오는 행동이라도 내가 좋은 것은 반드시 해야 직성에 풀리며, 엄마 바라는 모습이라도 내 성미에 차지 않는 일이면 어떻게든 빠져나가 버리는 나.

확실히 내가 딸로서 별로임을 자각할 수 있었던 건, 나 같은 딸은 나도 싫기 때문이다. 우리 엄마 어쩌다 나 같은 딸을 낳은 건지. 그래도 나 낳고 기쁜 일이 더 많았다는 엄마에겐 한 편 미안한 마음이지만.

누가 그랬던가. 엄마도 엄마는 처음이라고. 그 말 떠올리니, 준비된 부모는 아무도 없었다. 맞이하고, 배워가는 부모만 있었을 뿐. 날 때부터 엄마인 줄 알았던 그녀도 엄마로서 인생은 나를 만나 처음이었다는 걸 깨달으니, 사뭇 심각해졌다. 마음 속 담아 둔 말은 꼭 밖으로 꺼내야 직성에 풀리는 나는, 때도 없는 애교를 부릴 참으로 엄마에게 전화 걸었다. 그저 성미가 그런 사람이다. 생각한 말은 꼭 해야겠기에, 이럴 때면 주(酒)님의 힘없이도 용기만 잘난다.

"엄마 앞으로 착한 딸이 될게. 사랑해."

말이라도 못하면 믿지나 않을까. 뱉은 말 지키기라도 하면 신뢰라도 갈까. 이번 한 번은 꼭 믿어달라며 건넨 말에, 엄마는 지긋지긋한가 보다.

"으이그. 말만?"

엄마 앞에서만 강한 맏딸인 척 할 때는 언제고, 이제와 눈물이람. 수화기 너머로 혼자 생(生)쇼(show)를 했다. 터져버린 눈물에 엉엉대고 있는 목소리 들으니 기가 막혔는지 엄마가 전화를 끊었다. 이런 내 모습도 징증징글 한가보다. 뚜뚜. 우리 엄마답지만, 모르지 또. 전화 끊고 본인도 엉엉대고 울고 있을지. 그리고는 엄마 입가 미소로 가득할지.

심오하고도 묘한 엄마와 딸 사이. 이걸 어찌 설명해야 하나.

엄마와 딸, 그 오묘한 관계

걱정쟁이 우후훗

◗◖

"엄마, 언제까지 딸들 걱정만 할 거야?"

앞선 페이지를 통해 내 이미지 견고히 다져둔 탓에 오해할 수 있겠지만, 엄마를 향한 투정은 아니다. 다만 서른둘과 서른, 세상살이 농익을 데로 농익은 두 성인을 두고 더 이상 걱정은 불필요하다는 의미로한 말이었다. 이제는 엄마 없이 밥하는 방법도 알고, 몇 안 되는 요리로김치찌개도 할 줄 알고, 설거지며 빨래까지 척척해내는 어른 중 상어른이지만, 엄마 눈엔 아직 애기 같나보다. 엄마 에너지 더 좋은 곳에 쓰였으면 하는데, 오늘도 우리 두 딸에게 양보다.

"차 조심해라. 핸드폰 보느라 앞 옆 못보고 다니지 말고."

"딸. 비 많이 온다더라. 우산 챙기고."

"오늘 영하 10도래. 추우니까 꼭 목도리하고."

"큰 딸. 요새 환절기라 목 관리 잘 해야 돼. 집에 엄마가 사둔 스카프

있지. 그거라도 하고 가. 알았지."

"밤에 혼자 돌아다니지 마라. 어떤 남자가 밤길 혼자 다니는 여자상
대로 묻지마 살인 했다네."

"딸, 어디니. 집에 왔다니."

"밥은 잘 먹고 다닌다니. 다이어트 한답시고 대충 먹지 말고 잘 챙
겨 먹어. 보약이라도 한재 지어줘야 할까봐."

"공과금은 잘 내고 다니냐. 밀리지 말고."

"너희 회사는 잘 굴러 간다니. 힘든 회사도 많다던데 걱정이다. 잘
되어야 할 텐데."

엄마 음성지원이 되는 이유는 뭔지.

한때 엄마는 동생과 나에게 목도리 귀신이라는 별명으로 불렀다.
건강의 시작은 따뜻한 목 관리에 있다는 엄마의 지론 때문일까. 한 여
름을 제외하고 겨울에서 봄으로 넘어가는 그 시기, 가을, 그리고 겨울
이면 잊지 않고 하는 말 "목도리 하고 가."였다. 집에 엄마만 왔다하면
스카프나 목도리가 하나씩 늘어나기도 했다. 백화점 진열대에 펼쳐진
그것들을 보고 딸들 휑한 모가지 생각나 그냥 지나칠 수 없었던 이유
였겠다. 엄마가 하고 왔다가 우리 집에 두고 간 경우도 적지 않다. "이
거 너 해." 그렇게 모아진 목도리만 집에 몇 개인지. 덕분에 한 두 개
로 한해 겨울 보내는 남들과 달리 깔 따라 패턴 따라 재질 따라 골라 맬
수 있게 되었다. 엄마랑 외출이라도 하는 날이면 엄마는 가방에 여분

의 목도리 하나씩 챙겨 나갔다. 슝슝 부는 찬바람에 목 한 번 시원히 노출시키고 있는 딸을 보니, 본인이 다 시려웠나 보다. 가방 지퍼 열어 손쓱 집어넣고 주섬주섬 대더니 가지고 온 목도리 하나를 꺼내 보였다.

"빨리 이거 둘러 매."
"괜찮아. 나 안 추워. 목도리 하면 답답해."
"시끄러. 빨리 해."

투박한 모양으로 둘둘 감았지만 바람 샐 틈 하나 없이 매어준 덕에 한결 따뜻해졌다. 비록 입고 있던 옷이랑 어울리는 폼새는 아니었지만. 이건 패션을 모독하는 거라며 당장 푸르기라도 한다면 잔소리 한바탕 되돌아 올 게 뻔해 그럴 수 없었고, 무엇보다 따뜻해서 푸르기 싫었다. 엄마가 왜 그렇게 스카프나 목도리 하고 다니라 했는지, 그제야 알 것 같았다. 선조의 지혜, 뭐 그런 느낌이랄까.

1월 한 겨울, 남자친구와 데이트 중이었다. '추위 따위 별거냐, 나에게는 네가 있고 너에게는 내가 있는데.' 호기로 들린 공원에는 바닥에 고여 있던 물이 얼음이 되어 보기만 해도 이가시릴 정도였고, 앙상하게 벌거벗은 나무가 추운데 뭣하러 여기까지 왔냐는 듯 안쓰러운 눈빛을 보내고 있었다. 그때. 내 시야엔 남자친구의 기다란 목이 들어왔다. 집에 하나씩은 다 있다는 롱패딩은 커녕, 얇은 잠바 하나 걸치고는 온전히 바람에 내보이고 있던 그의 목을 보니 내가 더 추워졌다. 내가 추위를 느낄수록 남자친구가 더 추워 보이는 건 왜였을까. 사람은 자기

중심적이라니까. 이미 정강이까지 내려오는 두꺼운 패딩으로 이불마냥 온 몸을 휘감고 있던 나도 추위에 사시나무 떨듯 덜덜덜덜 하며 윗니 아랫니를 부딪치고 있었는데, 그는 오죽할까. 걱정되는 마음에 감싸고 있던 목도리 냉큼 풀러 남자친구 목에 휘리릭 감아주었다. 그리고는 바람 한 톨 들어오지 못하게 매무새를 정리했다. 스타일리쉬하게 두르는 법은 몰라도, 따뜻하게 매어주는 방법은 확실히 쉬웠다. 상대방 사랑하는 마음만 있으면 그만이었으니까.

"따뜻하지?"

그때 내 모습에서 엄마가 보였다.

'엄마 마음이 이랬구나. 춥지는 않을까, 감기라도 걸리지 않을까 싶어 뭐라도 걸쳐주고 싶었구나. 내가 추울수록 남자친구도 추워 보이던데, 엄마는 얼마나 추웠던 거야.'

그리고는 머쓱해졌다.
남자친구에게 하는 만큼, 아니 그 절반이라도 엄마를 대했으면.

우리 같이 웃고 살자

주최하고 있는 프로젝트 모임이 있다. 생(生)이 동(動)을 위한 것이라면, 그것이 당신과 나를 이롭게 하는 것이라면 무엇이든 하겠다는 프로젝트로, 이번 주제는 하루 한 명에게 칭찬이나 감사의 인사를 전하는 것이었다.

'엄마다.'

주제를 정함과 동시에 대상화 했던 사람은 엄마였다.

엄마를 사랑하고, 자랑스러워하며, 늘 감사해 한다는 것, 마치 매일을 어버이날과 같은 마음으로 보낸다는 것은 거짓말이다. 364일 동안 잊고 산 부모에 대한 사랑과 감사를 5월 8일 어버이날 단 하루만이라도 느끼고 표현하라는 게 그 날의 존재 이유일 테니까. 카네이션 한 가득 안겨 드리던, 이번 달 소확행은 포기하고 챙겨 드리는 용돈이던, 간지러움에 펜 잡기 쉽지 않지만 그래도 쓰게 되는 편지건, 따뜻한 전화

한통 이건. 무엇이 될지라도 일 년에 단 하루만큼은 잊지 말라는 그 날, 나는 프로젝트 진행 기간 15일을 어버이날로 만들어 버렸다.

방법은 어렵지 않았다. 매일 아침 엄마에게 칭찬과 감사의 톡 보내는 것. 칭찬과 감사 섞어 하루 세 개씩 보내기. 15일 중 어느 하루의 고백이다.

< 2020년 6월 3일 수요일, 엄마에게 칭찬과 감사>

1. 감사합니다. 어제 엄마로부터 장문의 톡을 받았습니다. 내가 감사 인사에 엄마가 답해주니 기뻤습니다. 엄마가 보내준 몇 줄의 답장에서 엄마와 나의 32년 세월을 고스란히 느껴졌습니다. 그 시간 엄마가 나 키우며 느꼈던 고마움 그대로 묻어나 있었습니다. 감사합니다. 좋은 엄마를 만나게 해주시어.

2. 감사합니다. 저는 알고 있습니다. 엄마 복 타고 났다는 것을. 나에게 나쁜 면이 있다면 그것은 살며 내가 만든 것이고, 좋은 면이 있다면 그것은 모두 엄마로부터 물려받은 것입니다. 엄마의 이해심, 배려심, 그리고 따뜻한 마음 모두에 감사합니다. 우리 엄마가 아니었다면, 난 아마 진작 부모와 절교했을지 모릅니다. 감사합니다. 우리 엄마를 내게 주시어.

3. 엄마 톡 내용엔 우리 같이 보냈던 힘들었던 시간에 대한 내용도 있었습니다. 읽다 보니 그때 그 시간은 나만의 것이 아니라 우리 엄마와 나의 것, 우리 가족

의 것이었다는 사실을 깨달았습니다. 감사합니다. 나는 혼자가 아니었습니다. 혼자 이겨내려고 했던 나만 있었습니다. 우리 엄마 있어 나 또 버틸 수 있었고, 행복할 수 있습니다. 감사합니다.

쓰고 나니 눈물 찔끔 나는 건 뭐지.

감상에 젖어 미안함에 취해 눈물로 출렁거리는 눈알을 요리조리 굴려댔다. 아침부터 주책이었다. 그렇게 아침 숙제를 마치고, 퇴근 후 집에서 쉬고 있는데 톡이 왔다. 엄마였다. 내가 보낸 감사 인사에 대한 답장일거라는 생각 없이 무심결에 확인한 그 내용은, 나에 대한 엄마의 감사였다. 깜찍한 이모티콘과 함께. 이모티콘에는"감사 또 감사."하트로 차 있었다.

엄마의 답가라는 사실을 알고, 글자 하나하나 또박또박 두 눈 부릅뜨고 읽어나가기 시작했다.

딸내미 참으로 잘 견디고 참아줬구나.

무엇보다 바르게 커주어 고맙다. 스스로 공부 열심히 해 엄마에게 무진장 큰 기쁨을 주었을 때, 정말 기뻤다. 순탄하지 않은 세월이 조금 있었지만 슬기롭게 잘 버텨주고, 직장도 잘 다니고, 은영이 와도 잘 지내주어 또 고맙다. 항상 뭔가 하려고 하는 너의 모습이 보기 좋구나. 게을리 있는 것 보단 훨씬 좋은데 건강 생각도 하렴. 잘 먹고 잘 자고.

앞으로 좋은 일만 있으면 좋겠지만 오르막이 있으면 내리막도 있는 것이 인생이여. 그치? 우리 가족 더도 말고 이대로 서로 잘 지내자꾸

나. 엄마는 두 딸들 잘 지내는 것만 봐도 좋아.

엄마의 답장에는 우리가 모녀지간으로 살아온 세월이 녹아 있었다.

기특하고, 대견하고, 고맙다는 그 말, 여느 엄마와 딸 지간에 있을 법한 감정라인 일지라도, 보통의 모녀간 대명사처럼 쓰이는 저 단어에는 우리가 겪었던 32년 세월 이벤트 하나하나가 담겨 있다. 기특하고 대견하다는 엄마 한 마디에, 스쳐 지나가는 그때 그 일들, 그리고 느낌, 엄마의 진심. 고맙다는 한 마디에 느껴지는 찡함. 누구에게나 쓸 수 있는 말이지만, 누구도 대신할 수 없는 우리만의 시간이었다.

엄마 말처럼, 그리고 나의 해석처럼 나의 일은 우리 엄마의 일이었다. 행복한 내 일로 가득차야 엄마도 행복할 수 있는 것. 내가 틀리지 않았나 보다. 우리 같이 웃고 살기 위해선, 각자의 위치에서 오직 본인을 위해 최선 다해 행복하면 되는 거니까.

컨트롤 씨, 그리고 컨트롤 브이.

엄마의 답장 두고두고 보고 싶어 따로 저장해두었다. 힘들 때, 엄마의 위로가 필요할 때면 꺼내 보려고. 그때마다 엄마를 떠올리려고.

엄마 사랑해요

후회하지 않도록

#후회, #나중에 뉘우침, #이제야 제 잘못 깨닫고 가책을 느낌, #그 땐 몰랐는데, 이제야 알게 됐네. 나 얼마나 못된 딸이었는지, #엄마미 안

후회라는 게 그렇다.

지금에야 알게 된 것.

그때는 몰랐다. 내 행동과 마음가짐에 얼마나 큰 잘못이 있는 줄. 알았으면 그리 할 엄두조차 내지 못했겠지만. 그렇기에 막 할 수 있었다. 막이라는 표현만큼 똑 떨어지는 단어도 없다. 그때 나는 엄마 마음에 칼질하는 딸이었다. 말에 배어있는 날로 엄마 가슴 난도질 해댔다.

"엄마라면 이 정도는 해줘야 되는 거 아니야?"

사실 더한 말도 했던 걸로 기억하지만, 손끝에 되살아나는 그때 그 미안함에 차마 쓸 용기가 안 난다. 그 정도로 나는 못된 딸이었다. 그 사실은 지금에야 알았다. 철이 좀 들었다는 증거일까 싶었다. 나는 못된 딸이었구나. 내다 버리고 싶어도 버릴 수 없는, 차마 그럴 수 없던 딸이었구나. 깨닫고 나니 엄마에 대한 미안함에 한이 서렸다.

"그때 내가 무슨 짓한 거지."

지난날의 나를 오늘의 내가 보며 느끼는 소름, 느껴지는 아찔함, 경험해 봤나 모르겠다. 돌아봤자 소용없다고, 과거의 나도 하나의 나이니 그마저도 사랑해야 한다고. 받아 들여야 한다는 이 좋은 말, 나에게 닿는 즉시 그대로 튕겨 나갔다. 수용의 마음은 열려 있어야 가능한 거다. 예전의 내가 적당히 싸가지 없었거나, 현재의 내가 적당히 철들었다면, 조금의 수용은 가능했을지 모르겠다. 그러나 과거의 나와 지금의 나는 양 극단에 존재했다. 그때의 나를 보자 갑자기 속이 매스꺼워졌다. 요즘 나는 너무나 만족스러운데, 제법 칭찬만 듣고 다니고, 어디가서 사랑만 받고 다니는 사람인데, 그런 내가 저랬다고? 죄스러움에 몸을 펼 수 없었다. 쭈그려 앉아 있고만 싶었다. 부끄러운 나를 최대한 숨기기 위해 말이다.

후회라는 감정이 불러일으켰던 지옥 불같은 뜨거움. 격하게 아프더라. 매운 건 맛봐야 알 수 있다며, 조그맣게 생겨가지고는 옹골찬 모습을 하고 있는 청양고추 한 입 베어 물게 했던 어릴 적 교육과도 같았다.

그렇게 제대로 교육 받았다. 뜨거운 맛 제대로 본 나는, 다시는 데이고 싶지 않아졌다. 결심했다. 후회라는 놈을 잡아 죽이기로. 아주 씨를 말려 다시는 내 안에 은근슬쩍 자라나는 일 없도록 하겠다고. 더는 나를, 그리고 엄마를 아프게 하지 않겠다고.

후회를 없애기 위한 방법은 하나였다.

지금의 나와 나중의 내가 같을 것. 결국 오늘부터 좋은 딸이 될 것. 생각할수록 마음에 따뜻함만 번지는 딸이 될 것. 돌아봐도 나는 나일 것. 엄마에게 전화를 걸었다.

"엄마. 뭐해? 밥 먹었어?"

"웬일이래 전화를 다 주시고. 밥 먹었지. 넌?"

그렇게 나는 웬일로, 엄마에게 전화를 다 걸어드렸다. 그냥 궁금해서 했다는 대답에 엄마는 별 희한한 일도 다 있고 한 마디 날리고는 그동안 참아왔던 질문을 던져왔다. 요즘 일하는 건 어떠니, 밥은 잘 챙겨 먹고 다니니, 감기 조심해라, 차 조심해라, 목도리는 꼭 하고. 이때다 싶었나 보다. 안부 물으려 걸었던 전화에 잔소리로 되받아 올까 무서워 중간에 끊고도 싶었지만, 돌아올 후회가 무서워 "그럼. 잘 지내고 있지." "알겠어 엄마." 해댔다. 어찌나 알겠다는 말을 안 하고 살았던 건지. "알겠어 엄마."라는 말이 낯설게 느껴졌다. '나 한순간에 착해져도 되는 건가. 영 적응이 안 되네.'

이런 날도 있었다. 엄마에게 전화를 걸었는데 바쁜 듯 했다. 연결음이 나오자 통화 끊고 할 일 하고 있었더니 엄마에게 전화가 왔다.

"어, 엄마."
"뭐야. 무슨 일이야? 뭔 일 있어? 평소에 전화도 없는 애가 전화하면 무슨 일 난거 같아 조마조마 하잖아. 그냥 전화하지 마."

무소식이 희소식이라는 속담 실감나게 실천하고 있는 딸이었다. 엄마 마음 불안하니 차라리 전화하지 말라더라. 그런 엄마 반응에 뜨끔했다. '그동안 내가 전화를 안 걸긴 했었나.' 생각해 보니 최근 통화목록 한참이나 밑으로 내린 후에야 엄마 번호가 보이긴 했다. 무심하긴 했네.

인생에 후회라는 단어 하나 지워보겠다는 다짐에 한 순간에 변해버린 딸에 적응이 안 되는가 보다. 너무 갑자기 변하면 갈 때가 된 거라던데. 그냥 너로 살란다. 에라이.

자랑스러운 대한엄마

엄마로 살아간다는 것. 그것에 있는 숭고함을 나는 엄마를 통해 어렴풋이 알 뿐이다.

"이 세상 태어나 가장 잘한 일이 있다면 너를 만난 거야."

본인 인생 기쁨 나에게 돌리는 엄마. '어떻게 저런 대사를 칠 수 있지?' 가끔 엄마를 보면 경이롭다는 단어가 떠오르곤 하는데, 우리 엄마가 그런 존재라는 사실에, 가슴이 차올랐다. 자랑스러운 우리 엄마.

사실 어려서부터 였다.

학기에 한 번 있는 소풍날이면 엄마를 충분히 자랑스러워 할 수 있었다. "각자 도시락 먹고 1시까지 여기에 모여라." 점심시간이 되고 우리는 잔디 위 돗자리에 둘러앉았다. 그러고는 제 엄마 새벽같이 일어나 만들어준 김밥이며 유부초밥 주섬주섬 꺼내기 시작했는데, 그때였다.

"이거 우리 엄마가 만들어 준거야. 맛있겠지?"

김밥, 김에 밥과 여러 가지 재료를 넣고 말아 싼 음식이라고 다 같은 김밥이 아니었다. 희고 검기만 한 김밥에도 집안 분위기를 반영하는 트랜드가 있었기 때문이다. 철수네 집은 식사마다 고기가 빠지지 않는 집안임이 분명했다. 김밥에 든 고동색의 그것, 불고기를 넣어왔다. 인생살이 첫 고기김밥이었다. 영희네 엄마는 편견이란 없는 사람이구나 싶었다. 김밥을 김으로 둘러싸라는 법 어디 있냐며 뽀얀 쌀알 고대로 드러난 김밥을 만들어 보내 왔는데, 그 이름도 누드란다. 순희 김밥은 순희만 봐도 알 수 있었다. 재료 하나 더 넣지 못해 안타까웠던지, 속으로 가득 차 밥을 에워싸던 김이 터지기 일보 직전인 순희 엄마네 김밥은 순희의 곧 터질 듯한 교복과 닮아 있었다. 우리는 각양각색의 김밥을 두고 각투를 벌였다. 별것도 아닌 일이었지만, 은근한 자존심은 뭐 때문에 개입되는 걸까. 물론 나는 자존심 따위 상할 일 없었다. 그 중 제일은 우리 엄마 김밥이었으니까 말이다. 내 김밥에 특별할 건 없었다. 딸 입맛에 충실하기 위해 정성 들여 만든 김밥. 그게 다였다. 소풍 날 새벽. 잠결에 들리는 소리에 눈 떠 보니, 엄마는 2시간은 더 일찍 일어나 밥을 짓고 있었다. 평소라면 전 날 저녁에 먹다 남은 밥으로 아침을 해결했겠지만, 소풍날만큼은 달랐다. 갓 지은 쌀밥에 참기름 또르르 흘려 놓고는 소금과 간장 조금으로 간 맞추어진 밥. 그 고소한 냄새에 이끌려, 소풍이라는 설렘에 휩싸여 곧 나도 일어났고, 밤사이 참아 왔던 볼일도 마다하고 엄마가 있는 주방에 나가 보았다. 엄마는 계란 이며, 단무지며, 햄이며, 우엉 등 속 재료를 준비하고 있었다.

"엄마 나 게맛살 별로. 게맛살은 빼줘."
"넣어야 맛있을 텐데?"
"아니야. 도시락에 넣는 건 그냥 빼줘."
"당근은 안 넣었어. 저번에 보니까 당근만 쏙 다 빼놓고 먹었더라."

누구는 도시락 재료로 준비했던 게맛살만 한 줄, 한 줄 골라 먹다 정 작 게맛살 빠진 김밥을 먹었다던데. 호빵도 팥만 쏙 골라내고 밀가루 만 먹던 아이, 여간 독특한 식성을 가지고 있던 나는 나만의 쉐프에게 철저히 내 맛에 맞춘 레시피를 오더했다. 맛이 없을 수 없었다. 어려서 부터 무엇을 좋아하고, 어떤 음식은 유독 가리며, 특히 잘 먹는 반찬은 무엇인지 너무도 잘 알고 있던 나의 쉐프였으니까.
"야. 우리 엄마가 만든 거 먹어봐. 짱 맛있어."

한 마디 던지고는 엄마표 김밥을 자랑스레 내밀었다. '풋. 우리 엄마 가 이정도 라니까.' 나의 격을 높이는 엄마의 김밥이란. 다른 집 김밥 맛을 본 나는 우리 엄마가 더욱 자랑스러웠다.

'웩. 이것도 김밥이라고.'

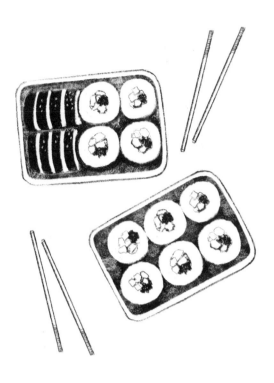

'흠. 뭐 나쁘지 않네.'
'어머. 너희 엄마는 천국에서 사온 김밥 도시락에 넣어 줬구나?'

사소한 것부터 엄마는 나의 자랑이었다. 그리고 그런 그녀를 통해
나는 자부심을 느낀다. 그런데 엄마는 잊고 있나보다. 아마 엄마란 존
재 쉽게 깜빡깜빡 하신다더니, 다른 어머니들도 자주 잊고 사는 사실.
당신들은 우리의 자부심이라는 것. 당신네 가장 소중한 그 딸 아들이
당신을 그런 존재로 여기고 있다고, 그보다 더 중요한 사실은 없다고.
그 사실을 두고 글쓰기 수업 중 선생님 한 마디 하셨다.

"엄마들 집안 일 멈추면 나라가 멈춰."

나라를 들썩이는 존재감. 그것이 엄마인가보다.

대한엄마 만세!

엄마에게

편지 글의 시작은 왜, 늘, "사랑하는"으로 시작하는 건지.

사랑하는 우리 엄마!

엄마에게 쓰는 편지 독자들과 나누려니 영 쑥스럽기도, 어색하기도 하지만, 나의 글이 누군가는 엄마에게 펜을 들게 만들기를, 그렇게 엄마 생각에 편지 써 내려갈 또 하나의 딸과 아들을 위해 공개를 결정 합니다.

이 책은 철저히 엄마를 위해 쓰기 시작했습니다.
엄마라는 존재에 대해 다시 생각해 보고 싶어서. "엄마" 두 음절만 들어도 눈물부터 흘리던 나였는데, 그런 딸은 어디에도 없이 무뎌진 나만 존재하기에. 무엇보다 나를 자극했던 엄마의 여물어가는 모습. 그 모습에 하루라도 빨리 철든 딸이 되고 싶어져 그랬습니다. 다만 착한 딸이 되고 싶어 써내려 간 글이었지만, 바람이 있다면 이 글을 통해 나와 같은 마음의 딸과 아들이 늘어나기를 바라는 마음이었고요.

부쩍 느낍니다. 엄마 모습 예전 같지 않음을. 불과 작년까지만 해도 한결같은 모습의 엄마였는데, 1년 사이 무슨 일이라도 있었는지 잠시 놓친 사이 내가 알던 엄마의 모습 조금씩 지워져 있었습니다. 그런 엄마를 보니 마음에 흠칫함 마저 생겼지만, 내 한 마디 새겨두고 하루 온 종일을 거울 앞에 서성이게 되실까 밖으로 뱉지는 못했습니다. 그러는 사이 나를 탓하기 시작했습니다. 흘러간 엄마의 세월, 딸로서 한 노릇이 무엇이냐고. 엄마의 늙음에 나의 책임 막중하다고. 받기만 한 사랑, "조금만 더 성공하면. 조금만 더."하는 그 사이를 기다려 주지 않는 듯한 엄마 모습에, 아차 싶었습니다.

엄마.
엄마는 나에게 남다른 존재입니다. 어느 가정의 부모 자식 사이가 다 그러하겠지만, 우리 엄마 나에게 있어 조금 더 남다른 사람입니다. 우리 지나온 세월을 보면 그럴 수밖에 없지요. 나를 낳아 기르는 삼십이년의 세월동안 우리 함께였으니까요. 같이 겪었으니까요. 기쁨, 슬픔, 감동, 아픔, 고통, 행복, 다 표현하지 못할 감정이지만, 나의 일이 엄마 일이었고, 엄마 일이 나의 일이었기에, 우리 두 배의 일을 겪은 기분입니다. 그 시간, 엄마에게 가장 감사한 일은 엄마가 나의 엄마로써 늘 그 자리에 있어 주었음 입니다. 엄마도 알까요. 존재만으로 힘이 되는 사람, 바로 엄마라는 것. "우리 엄마가"하며 말끝마다 지금의 엄마를 현재 시점에 소환시킬 수 있음에 든든합니다. 다 큰 딸도 엄마는 필요한 법인가 봐요. 내가 마흔이 되고, 오십이 되고, 육십이 되어도, 나는 엄마의 딸입니다.

엄마.

한 번도 이야기 해준 일 없던 그 말. 아빠 없이도 혼자 힘으로 우리 두 딸 잘 키워냄에 고생 많았습니다. 그리고 감사합니다. 아직도 기억에 남습니다. 빨리 오십이 되고 싶다는 엄마의 말. 그때는 이해되지 않았습니다. 나이 들고 싶다는 말은 들어본 일 없으니까요. 그러나 시간이 지나고 나 조금씩 성숙해 갈 때 쯤, 그제야 알게 되었습니다. 엄마의 사십대 얼마나 잔혹했는지. 끔찍한 지금이 흐르고 흘러 그때만 오길 기다렸다는 것을. 그때는 알길 없던 딸이었습니다. 미안했습니다. 그 마음 뒤늦게 알아주어.

엄마.

할머니 할아버지 돌보는 일에 소명의식을 가지고 사는 엄마가 자랑스럽습니다. 쭈글쭈글한 그 얼굴을 두고도 어쩌면 예쁘다고 표현하실 수가 있나요. 당신은 천사인가요. 우리 엄마와 같은 사람이 있어 대한민국이 그래도 살만한 나라가 될 수 있었습니다. 그런 엄마는 나의 자부심입니다. 엄마는 사랑받아 마땅한 존재입니다.

그동안 엄마로 사느라 수고 많았습니다.

남은 시간 내가 보여드릴 차례입니다. 엄마 소원은 내가 이루어 드리릴 거 에요. 유기견들 데려다 함께 지낼 마당이 필요하다고, 강아지들 줄 사료 값이 필요하다고, 그리고 마당 한 편엔 예쁜 꽃들 심어 지나가는 사람마다 행복의 기운 가져갔으면 좋겠다는 엄마의 바람. 그 아름다운 소원은 내가 펴드릴 겁니다. 기대하세요. 그 날, 내 생에 손에 꼽을 만큼 행복할 그날, 뒤늦게 꾼 엄마 꿈을 이뤄드릴 그 날, 곧 만나게 해드릴게요. 그러니 우리 엄마 환희에 찰 만큼 행복했으면 좋겠습니다. 활짝 핀 꽃처럼 우리 엄마 만개했으면 좋겠습니다. 남은 엄마 인생 꽃으로 가득했으면 좋겠습니다. 그럴 자격 충분하니까요.

"잘 자라주어 고맙다. 그걸로 네 할 일 다 한 거야."라는 엄마 마음에 대한 보답은 아마 내가 엄마의 엄마로 태어나지 않는 한, 갚을 길 없어 보입니다. 엄마의 마음 하늘과 같지만, 여전히 나는 어리광쟁이 딸이니까요. 글을 쓰며 우리의 일 회상할 수 있어, 매일 2시간 참 소중했습니다. 나, 어떤 사랑 받으며 자랐는지 다시 배웠습니다. 나도 누군가의 엄마가 되거들랑, 꼭 우리 엄마 같은 엄마 되겠습니다.

마지막으로 한 가지 부탁이 있습니다.

부디 어디하나 아픈 곳 없이 오래오래 내 엄마로써 나를 지켜 주세요.

나를 위해서. 엄마 내 곁에 항상 함께 해주세요.

감사하고,

미안하고,

사랑합니다.

뒤늦게야 조금씩 철들고 있는 딸을, 용서해 주세요.

"아이 낳아 키울 자신이, 아직은 없어요. 아마 어떤 큰 결심이 필요한 일 같아요. 쉬운 일은 아닐 테니까요."

엄마를 보며, 받아 온 사랑의 크기를 생각하며 느낀 바다.

엄마가 되는 일. 아마 내 삶이 통째로 바뀌는 일. 그 일에 나는 용감하지 못하다. 시간이 지나 '잘 할 수 있을까.'라는 걱정보다 '누구나 엄마는 처음이니까!'하는 용기가 더 커질 때, 그때가 되면 마음 바뀔지 모르겠지만. 덜컥 받아 들일만큼 쉽지는 않은, 공경과 두려움으로 가득한 경외로운 그 이름, 엄마다.

안타까운 사실 하나 있다면, 이 땅의 엄마, 본인은 동의하지 못한다는 거다. "엄마"라는 직함 당당히 내밀기보다, 쭈뼛쭈뼛 대는 것에 익숙한 사회로 보인다.

왜일까 생각해 보았다.

정말 생각이 필요했다. 아직은 딸의 경험만 있으니까. 엄마살이 얼마나 팍팍한지 감히 체감한 일 없으니까. 그러다 이런 떠오름이.

"딸, 이거라도 먹고 가. 빈속으로 일하면 속 쓰려. 마스크는 챙겼니?"

아침 출근길, 정신이란 단 1도 없는 내 뒤를 졸졸 쫓아오는 엄마. 엄마는 늘 그랬다. 앞에서 이끌기보다 뒤에 서 묵묵히 챙겨주는 사람. 그저 딸 잘 되기를, 자기 하는 선행 두 딸에게 되돌아 갈 거라 철썩 같이 믿으며 오늘도 베푸는 사람. 모든 일에 항상 자식이 앞서있는 사람. 그렇게 나를 앞세우다 나라는 그림자에 가려진 엄마. 엄마란 자식이라는 존재로부터 드리워진 그늘 속에 살고 있는 사람이 아닐까.

"딸부터." 그것이 엄마 마음이자 행복이었을 거다.

대가를 바라고 한 일은 아니었지만, 그러다 문득. 엄마가 그늘에 드리워진 자기를 만났다. 칙칙한 어둠에 초라함을 느끼고, 그래. 딸내미 비추느라 정작 엄마는 빛을 잃었다.

그 때문이지 않을까 싶었다. 엄마의 쭈뼛댐은. 내가 진 빚일 게다.

"우리 엄마는 참 빛이나. 눈 부시는 존재야."

잃었던 빛을 찾게 해주고 싶다. 엄마 우리에게 어떤 존재인지, 엄마 그 자체로 어떤 반짝임을 가지고 있는지. "엄마"단 두 음절에 울컥 올라오는 뜨거움으로 가슴 번지게 하는 사람. 나를 낳아, 길러, 하나의 별로 만들어준 사람. 그보다 엄마니까. 엄마이기 때문에 그 자체로 영롱한 사람. 이 땅의 모든 엄마 잊지 말았으면 한다. 당신네 존재, 그 얼마나 위대한 것인가를.

조금 더 자주, 따스히 말해줘야겠다.

"엄마, 잊지 말아요. 내가 당신을 얼마나 사랑하는지…"